对 ②

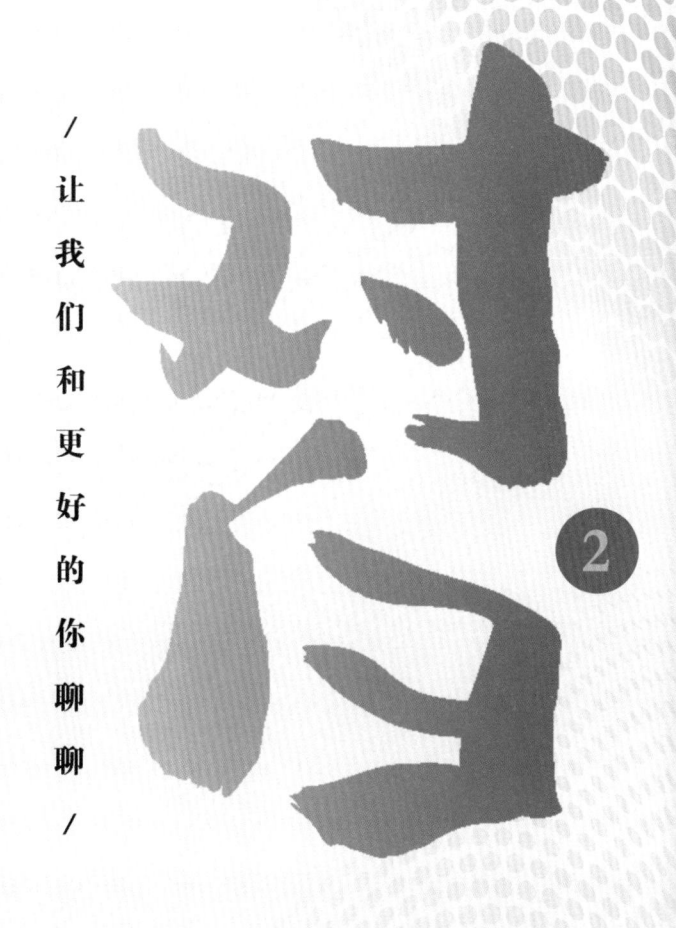

/ 让我们和更好的你聊聊 /

白岩松 等 著

南方出版传媒 花城出版社
中国·广州

北京长江新世纪文化传媒有限公司
www.cjxinshiji.com
出品

目录　CONTENTS

01　白岩松　2020 说健康　/ 001

02　白岩松　做不一样的自己　/ 025

03　单霁翔　让文化遗产活起来　/ 045

04　史　航　别把你的世界让给套路　/ 069

05　康　辉　不把平凡活成平庸　/ 093

06　郎永淳　自我迭代进行时　/ 117

07　龚琳娜　做自己　不忐忑　/ 135

08　张泉灵　没机会？其实是你不会自定义！　/ 165

09　金一南　从"东亚病夫"到民族复兴　/ 189

01 | 白岩松
２０２０ 说 健 康

  每当人们面对一种未知的疾病,从悲观到乐观的重要转折点就在于开始了解它,开始有对症的治疗方法。而当乐观的局面出现后,或许我们应更加冷静地思考,疫苗能让我们彻底战胜疾病吗?

白岩松

中央电视台资深新闻人,
主持《新闻周刊》《新闻1+1》等栏目,
出版有作品《痛并快乐着》《幸福了吗》《白说》等。

南通大学的老师和同学们，特别是南通大学医学院的老师和同学们，大家好！

为什么要加上"特别"二字呢？因为2020年太特别了。这一年，更深层次地定义了医学，更深层次地定义了医生，更深层次地定义了健康。像此刻这样的面对面交流，过去曾经司空见惯，经过了这一年，你我都知道它是以怎样的"中国路径"才得以艰难实现的。

之所以要加上"特别"，还有另一个因素：特别要向所有医生、学医的人和他们的家人致敬。致敬之后是加油，因为未来的挑战更多。当全人类面对疫情突如其来的袭击时，人们的恐惧和担心很大程度上源于未知。所以前不久，当欧美宣布疫苗研发成功，有效率可达90%，致使欧美股市一度暴涨到熔断。为什么资本市场会有如此强烈的反应？因为看到了希望。

科学能彻底战胜疾病吗？

每当人们面对一种未知的疾病，从悲观到乐观的重要转折点就在于开始了解它，开始有对症的治疗方法。而当乐观的局面出现后，或许我们应更加冷静地思考，疫苗能让我们彻底战胜疾病吗？

人类历史上第一种疫苗是诞生于1796年的天花疫苗，经过两百年的历程，到1977年，终于彻底消灭了天花这种疾病。还有另一种疾病，因为疫苗的出现，离彻底消灭也不远了，只差临门一脚——那就是脊髓灰质炎，俗称"小儿麻痹症"。此外，在预防肺结核、乙肝、破伤风、狂犬病等方面，疫苗也扮演了极其重要的角色。

但是，疫苗不是万能的。比如流感疫苗，年年都要打，年年都不同，与医疗研究机构对当年将会流行的毒株预测有关，有时候可能预测不准，打了疫苗也不一定有预防效果。还有一些疾病，有疫苗，但是预防效果并不明显。

20世纪70年代，由于疫苗、抗生素的迅速发展，很多过去"致命"的疾病得到有效遏制，当时有人乐观地预言，传染病在未来将是一个乏味无聊的话题，因为再没什么可谈的。事实如何呢？艾滋病、SARS、MERS、"新冠"……在其后数十年，接踵而至。

这次的"新冠"病毒呈现出非常怪异的特质，它的生存能力超强，对人体的危害度可能弱于 SARS，但是传染度远远超过 SARS。也许单个的病毒非常脆弱，但是当它们结合成一个整体，就好像拥有了一种可怕的"智慧"和生存技能。

好在，各国陆续研发成功并投入应用的"新冠"疫苗，意味着我们对这种疾病正从不知所措转向可防可控，中国的疫苗到目前为止，预防效果也相当棒。听到这里，大家的乐观情绪在增长，但是我想提醒各位未来的医学工作者，人类健康所面临的挑战，2020 年不是第一次，也不是最后一次。更重要的是，除了"新冠"疫情这种多年一遇的情况，我们要面对的，还有很多常规的挑战。

前不久，世界卫生组织刚刚公布了 2019 年结核病的调查报告。数据显示，2019 年全世界新发结核病患者人数 1000 万，其中死亡人数 141 万。对比 2020 年"新冠"感染人数——接近 6000 万人——似乎新发结核病患者人数不算多，但别忘了，"新冠"是偶发事件，结核病的新发患者却是每年都维持在这样一个数量级上，在全球范围内，结核病导致死亡的人数也与"新冠"致死人数持平。

一百年前，结核病被称为"痨病"，就像今天的癌症一样，在世界范围内都是难以治愈的疾病，甚至比癌症更可怕。今天的癌症很大程度上已经成为一种"慢性病"，医疗技术的进步使得越来越多的人可以带癌生存。而一百年后的结核病也有了相应的疫苗和特效药，甚至被认为已从疾病谱中消失，怎么会依然对整个人类存在如此巨大的威胁呢？

二十多年前，我嫂子的妹妹，一位与我同龄的姑娘，得了结核病，从老家来到北京治疗，最终还是去世了。当时我深感意外：这个年代，结核病还能致命？是的，由于结核病菌对其有效药物产生了耐药性，导致它现在仍是一种非常棘手的疾病。医学在进步，病毒也在进步，它要生存。

更让人担心的是，世界卫生组织调查报告显示，由于"新冠"病毒影响，今年能够得到治疗的新发结核病患者人数会下降25%~50%，而且，将使人类对结核病的防治进程倒退5~8年。

因此，世界卫生组织相关专家表示，到底是"结核"还是"新冠"会成为流行病领域的"第一杀手"，目前无法预测。这是否颠覆了你的认知呢？

前不久又有新闻报道，在美国，"新冠"肺炎致死人数已经超过癌症，跃升到致死疾病的第二位，第一位是心脑血管疾病。健康的敌人一直都在。

2020年，让所有学医的人，以及所有不学医却关心医学和健康的人，都不得不思考两个字：敬畏。技术的进步真的可以消除一切灾难吗？还是依然有很多想象不到的威胁会突如其来降临？

我们需要怎样的医生？

未来的时代，将会是更加需要医生的时代。因为还有未知的疾病侵袭，因为人口老龄化，因为日子好起来以后，人们对健康有着更高的需求。那么，我们需要怎样的医生呢？我讲三个人的故事。

第一位，华益慰，2006年不幸病逝的大医生。他的"大"体现在哪儿？恐怕每个人去医院看病，都有过这样的体验：撩起衣服，一个冰凉的听诊器"啪"地贴在前胸或后背上。而华医生的患者从来不会有这样的体验。因为他打从医以来，听诊器往患者身上放之前，一定先在自己手心里焐热了，一辈子都是如此。

还有些人说，华医生给病人触诊的时候，怎么老翘着"兰花指"啊？他身边的年轻大夫解释，华医生告诉他们，五个手指头当中，小拇指的神经末梢血液循环最差，所以最凉，不要凉到患者。

华医生每次查房的时候，永远弯着腰对患者说话，哪怕还没到需要弯腰触诊的时候。一个重要的原因是，他不希望患者见他来了，诚惶诚恐地坐起来。他先低下去，患者就可以踏实躺着了。但是要知道，20世纪60年代，他的腰曾经骨折过。多年以来，他愿意随时弯下自己受损的腰，至诚至恭地面对患者。

　　第二位，林巧稚，大家很熟悉的妇产科医生。1921年，她从鼓浪屿来到上海，参加协和医院的招生考试。考英语时，考场里一名女生突然晕倒，林巧稚立刻放下手里的笔，对那名女生施以救治。等她在教室外面处理完这一切，考试已经结束了。她本想来年再考，可是现场的考官把她的这一举动汇报给上级，加上她的前几科考试成绩都很好，协和将她破格录取了。因为作为医者，这种沉着果断、舍己救人的品行是无价的。在她数十年的行医生涯中，她身边的同事说，哪怕病房里愁云惨雾、唉声叹气，只要林大夫进去，气氛就变得安静祥和起来。她的一言一行，都给患者带来抚慰和希望。

　　第三位，不是医生，是一名16岁的长沙少年，他叫叶沙，2017年不幸去世了。他的家人做出一个决定，将他的健康器官无偿捐献给需要的人，改变了七个人的命运。后来他们得知，叶沙生前很喜欢打篮球，有个最大的梦想，就是跟国家队的专业队员打一场比赛。于是，其中五个重获新生的人，组成了一支"一个人的球队"。在2019年的WCBA[①]全明星正赛上，"叶

[①] WCBA：中国女子篮球联赛，全称为Women's Chinese Basketball Association。

沙队"获得了两分钟的比赛时间,圆了这个16岁少年的梦。

我为什么要讲这个故事呢?叶沙的父母之所以决定捐献他的器官,是因为这孩子原本打算高中毕业以后,报考医学院的。他们用捐献器官的方式,替他圆了治病救人的梦。

我讲这三个人的故事,没讲一点儿他们的医疗技术、治疗水准,但他们都是我心目中的"大医生"。我总说,医生是一个介于"佛"和"普通人"之间的职业。佛教倡导"慈悲喜舍"的精神,其中这个"悲"字在医生身上体现得尤为明显。不是悲伤,不是悲苦,而是悲悯。医生对天下众生的疾苦,都要怀着悲悯之心。

以上说的是医者的情怀,靠近"佛"的那一方面。如果就此停住,那是在给各位未来的医生打鸡血、灌鸡汤。但是接下来,话锋就要一转:医生也是普通人,也要养家糊口。他们的工作环境好不好?他们的工资够高吗?前两年我看到一个数据,说医生的平均工资比全国平均工资略高一点。是,听起来还不错,但是,普通大学生几年毕业?医学生几年毕业?从时间成本来看,从家庭的教育投资成本来看,似乎学医的性价比都不高啊。

2018年,纽约大学医学院宣布,为所有学生提供全额奖学金,也就相当于免除学费。为什么?医学院院长说,以往的巨额学费让很多向往医学院的有志青年望而却步,影响了美国的医疗发展。免除学费是医学院的道德义务,债务压力不该成为年轻人学医路上的绊脚石。

有一天，我碰见卫健委主任马晓伟，跟他聊到这件事，随后又谈起如何全面提高医生待遇的问题。

对于医生而言，我相信，他们之所以选择这个职业，在心中排第一位的一定不是工资，而是职业尊严、自我实现、成就感等无形的价值。但是，就整个社会机制而言，必须把"没排在第一位"的工资问题解决了，让他们获得与职业尊严相匹配的收入，那些无形的价值才能真正排在第一位。不能"又要马儿跑，又要马儿不吃草"。

我有一个梦想，就是让中国医生能专心致志做医生，不要被不相干的杂事牵扯精力。我希望他们只要心无旁骛地治病救人，就可以得到物质和精神上所需的回报。这样，我们这些潜在的"患者"才能真正地成为受益者，不是吗？

应该做个怎样的患者？

接下来，既然不是医生，我想聊聊应该做个怎样的患者。难道这个时代对患者还有要求吗？没错。

先讲一个几乎不可复制的案例。20世纪20年代，梁启超先生得了肾病，在北京一家大医院做手术，手术中出现了事故。

当时，由于西医刚引入中国不久，报纸上出现了很多批评和攻击西医的声音。然而，医疗事故的受害者梁启超反而发表文章，为这家医院和西医的治疗原则辩护。几年后，梁启超在这家医院病逝。如果没有他这么影响力巨大的人，在危机时刻依然支持医学事业的发展，恐怕西医在中国的落地会难上加难。

这样的患者，我们不指望常有，就说说"正常"患者该做的吧：你可以信任医生吗？

现在，不信任医生的患者太多了。很多人在 A 医院得到一个诊断结果，又去 B 医院挂个专家号，再去 C 医院求证一下，如果三个结果能对上，好，按第一家的方案治。患者的不信任，挤占了相当大比例的医疗资源。但是医院、医生都没办法，就是这样一个局面。

十几年前，我踢球骨折，要做手术。上了手术台，主治医生可能觉得这好歹是个"熟脸"，为了表示尊重，问我有什么想法。我说，您是医生，一切都听您的。那次手术非常成功，两个月后，我去医院里拆钉。五个月后，我就完全康复了，还带着我的球队回到医院，跟医生们踢了一场汇报比赛。我的恢复速度是专业级的。

这个故事想表达的是：对专业人士的信任，会让你成为最大的受益者。

再举一个小例子。前不久，跟朋友在北京一家蒙古族餐厅吃饭，有一位马头琴手会给客人拉曲子。马头琴手来到我们的桌旁，问："你们想听什么？"因为每到一桌，都是客人点曲子，他来演奏。但是那天我对他说："请拉您最想拉的那一首。"他一愣，或许从来没人对他说过这样的话。他认真想了想，然后拉了一首曲子，水平极高。此时此刻，他不只是在满足客人的需求，而是在回报自己受到的那份信任和尊重。出乎意料的是，我们临走时，他又走过来说："我能再为你们拉一首曲子吗？"这一曲，是他的友情赠送，而且水平依然极高。

我总是成为信任的受益者。平时与人沟通时，我也常说："信任是一种能力，信任也是一种力量。"无论你对他人是否信任，都可能面临风险。但是，从我五十多年的人生经验来看，信任的风险远远小于不信任的风险。

不信，你就信任一回试试。

"患者赋权"时代，需要怎样的医患沟通平台？

20世纪70年代以来，随着"患者赋权运动"的兴起，全世界的医患关系都发生了巨大改变。在此之前，患者在诊疗过程中是无权参与意见的，甚至无权了解真实病情，一切都由医生说了算，患者只能配合。但是现在有了明确要求，患者有权了解病情并参与决策，选择最终的治疗方案。

那么问题来了。医生可以把所有情况都明明白白告诉病人：得了什么病，ABC三个方案由你选。假如患者一点儿不懂，好办，听医生的，大多数医生会为患者选择最优方案；假如患者特别懂，也好办，还能跟医生商量商量；最怕的是患者一知半解，到处听到处看，自己还想拿主意，这就麻烦了，出了问题算谁的？

所以现在，哪怕最简单的门诊手术，医生也会把最糟糕的结果和种种意外的可能性提前告诉患者。而且，由于承担着巨大的医疗责任和法律责任，医生越来越谨慎，越来越倾向于用毫无破绽的术语跟患者交流——一旦翻译成好懂的大白话，就可能有漏洞，将来出了问题不好办。可是要知道，相当多的治疗方案是有一定风险的，有50%的可能好，还有50%的可能不好；但如果不选择这种方案，肯定100%不好。然而，现在的医生在这种巨大的责任压力面前，还敢冒险吗——除非医院能拍胸脯：任何非道德性的医疗责任，医院为医生兜底——那也得鼓足勇气。

综合上述种种情形，倒霉的是谁呢？还是患者。

因此，我们该思考医生和患者之间，到底需要搭建一个怎样的沟通平台？比如，当患者开始有权参与决策的时候，我们的医学系统和科普系统有没有为他们提供做决策的辅助系统？

有没有建立某种渠道，让他能够了解同类病患者的经历和感受？

还有，医生跟患者之间，一定要有将心比心、互相了解和理解的过程，而且医生应该先迈出一步，因为你是专业的。然而我们的医生了解患者心理吗？我们的医学院开设了"患者心理研究"这门课吗？

讲个小故事。有位大夫接诊一名患者，检查结果很明确，癌症。大夫很理智地把这个事实告诉了他，然后，并不考虑患者的感受，继续很理智地告诉他有几种治疗方案。问哪个，患者都说行。于是给他约了下周的号，来了以后说，就按上周商量好的方案办。患者都蒙了："您上回说的什么啊？"医生也蒙了："你不是说都行吗？"患者这才说："自打听您说出'癌症'俩字，我这脑子里一片空白，后来您说什么，一个字也没听见。"

这就是患者心理跟医生心理之间的巨大反差。请注意，任何一个患者的症状，都是肉体疾病和由此导致的精神改变合而为一的综合表现。作为一名合格的医生，除了关心病症本身之外，不能不关注他们的心理。

甚至我也建议，除了将来在医学院开设"患者心理研究"这门课，将来的将来，是不是也有必要开设"医生心理研究"这门课？目前，医生们普遍面临着非常大的压力，亟须被关注，被关怀。

大医治未病

接下来，转入一个更开阔的话题，叫"大医治未病"。

这两年，"健康中国战略"提出一个重要基准：推动"以治病为中心"向"以人民健康为中心"的转变。在这个背景下，整个医学系统的教学和实践以及每个医生的职业生涯都该做出相应的调整。

我们都听过"魏文王问扁鹊"的故事。魏文王问他们三兄弟，谁的医术最高明。扁鹊说，大哥最高，二哥次之，自己最次。为什么呢？因为大哥在病人的病情尚未发作时就看出苗头，给他治好了，所以并没有治病的名声流传在外；二哥在病人的病情初起时就给他治好了，不会发展成大病，所以人们以为二哥只会治小病；而自己诊治的都是严重的病人，靠的是放血、敷药等手段，反而得了个神医的名声。

这是一个记载于两千多年前的故事，对今天仍有启示。在抗击"新冠"战役中，中国医疗系统也在"大哥""二哥""三哥"的层面上做了战略分工，各司其职，因此才取得了良好的效果。

"大哥"战略是什么？口罩、隔离——保护尚未患病的人不被病毒感染。

"二哥"战略是什么？方舱医院。2020 年 2 月 5 日，三个900张床位的方舱医院正式开舱，引进病人，应收尽收，这是"武汉战役"，或者说"湖北战役"乃至"中国战役"的关键转折点，也是一个伟大的，建立在科学体系上的创造性实践。轻症患者住进方舱医院，得到及时治疗，不再继续恶化，同时也截断了传染源。

"三哥"是什么呢？就是武汉本地的，以及从全国各地赶来支援的一线医护人员，努力将危重患者从死亡线上拉回来。

这场整体战役在三兄弟的协同之下，终于打完了。这个时候，我们就更理解"大医治未病"的重要性。

我今天能站在这里，其中一个因缘是，南通大学附属医院参与创立了一个中国医疗自媒体联盟"蝴蝶学院"，致力于传播健康知识。什么叫健康知识？健康知识有两层含义：第一，与健康有关的知识；第二，知识本身一定得是健康的，缺一不可。

现在的互联网和自媒体，各种"健康知识"的普及非常多。好的方面是，健康问题越来越引起关注，不好的方面是，骗子太多了。很多自媒体那是真敢说：高血压？简单！几服药就治好。依我说，谁能把高血压彻底治好，诺贝尔医学奖，非他莫属！高血压恐怕只有在我们的互联网上能"治好"。

还有通过互联网四处散布的"伪健康知识"，已经深入人心。我每周都会有五天跑步，只要说起这事，旁边立刻就有人说："跑步伤膝盖啊！别跑了。"这都是网上看来的"伪知识"。专业医学研究早已证明，科学的跑步姿势不仅不会伤膝盖，还会增强膝盖周围的肌肉力量，对膝盖形成保护。再说，如果一个人体重过重，跑步过程中，的确会让膝盖受到过大的冲击力，以至于受伤。可是首先我的体重没有超标，其次，在跑步过程中，我的体重还下降了。这难道不也是对膝盖的保护吗？

所以，作为医学工作者，向公众传播"健康的健康知识"，非常重要。刚才谈到"大医治未病"，我认为，最棒的医生一方面在于临床治疗技术，另一方面，他应该能够通过改变人们的生活方式、提升人们对健康的认识，来逐渐减少就诊患者，让他们不得病、晚得病、得小病、得病以后快治而不转成慢病、得了慢病也能科学有效地控制，保持不错的生活质量。

前几年，我作为政协委员提了一个提案：请将医务工作者撰写的优秀科普文章纳入专业职称的评定范围。这叫"从根子上解决问题"，有效的激励机制可以给他们提供创作的驱动力。优秀的科普文章，在人群中普及"健康的健康知识"，不知不觉地让患者减少，不就是最大的"大医"吗？

未来两个挑战：老龄化社会和医药自主创新

接下来，我们要谈到医疗系统面临的未来挑战。

其中一个很重要的挑战就是，如何迎接"老龄化"社会的到来？

我国"老龄化"现在是怎样一个局面呢？2019年，中国60岁以上的老年人口已经超过了2.53亿，什么概念？如果他们单独是一个国家，这样的人口规模，可以在全世界排第五。再过六七年，这个数字可能进一步上升，超过3亿关口。

在这个问题上，我们可以把邻国日本当成一面镜子。先看整体，中国60岁以上人口在人口总数中占比18.1%，日本65岁以上人口在人口总数中占比超过28%。再看局部，上海是一个老龄化问题较为严重的城市，60岁以上人口占城市人口总数的35%。

而且，我们还有一个从"轻度老龄化"[①]转向"中度老龄化"的趋势，必须引起重视。留给我们的，尚有5~7年的时间窗口，要赶紧加以利用。什么叫"中度老龄化"？这几年，60岁以上的老龄人口在增加，而60~65岁之间的人数在快速减少，意味着65岁以上乃至80岁以上的老龄人口在快速增长，失能失智

[①] 根据联合国颁布的《人口老龄化及其社会经济后果》，60岁以上人口占全国总人口的比重超过10%，表示进入轻度老龄化社会，超过20%为中度老龄化，超过30%为重度老龄化，超过35%为深度老龄化。

的人口越来越多，对社会资源的挤占、消耗都会加剧。我们如果不抓紧这段时间做好相应准备，未来将会面临很难的局面。

中国提出的养老目标是"9073"：90%是居家养老，7%是社区养老，3%是机构养老。在我看来，未来100%要依靠社区，即便是居家养老，难道能不依赖社区吗？孩子不在家的时候，午饭谁帮忙解决？遇到突发情况，谁来快速响应？需要康复的老人，由谁提供服务？在社区养老方面，我们要付出巨大的努力。

有人悲观地说，养老产业不挣钱。事实上，我从来没想过未来依靠孩子养老，相信很多我的同龄人也是如此，一定是打算通过购买各种服务，给自己一个还算健康愉快的养老环境。所以，我们愿意为了养老而付钱的这一代人，正在老去啊。重要的是整个社会体系要抓紧时间制定应对方案。养老绝不仅仅是医疗问题，而是综合的社会问题。

刚才说到康复，不妨也在这里插上一句。目前中国在民众健康保障机制方面，康复医学是一个很大的弱项。青岛正在筹建第一所康复大学，说明大家已经对这个问题有所意识，虽然有点晚。很多因病造成肌体或脏器机能障碍的患者，要想早日恢复正常的工作和生活，需要进行科学积极的康复治疗。而康复医疗如果跟不上，这些患者就会长时间地需要他人照料，造成社会资源的消耗。

我的总体判断是，未来中国最大的问题，是以快速老龄化、低生育率、低出生率捆绑在一起的人口问题。因此，将来最大的产业一定是"大健康产业"。各位未来的医疗工作者需要学习的，绝非单一的内科或外科，而是要从一个更宏大的角度去看待你今天所站立的历史交汇点。你们所处的，是一个人口超过14亿的国度中，需求最大的行当之一。

第二个挑战是什么？我们现在常常谈论"芯片自主"等话题，其实，中国在新药研制和医疗器械的自主化方面的问题远远大于芯片。我非常希望未来在各位中间，不仅出现很多好大夫，也能出现很多新药的研发者、新的医疗器械的研发者、为现代医学发展的关键节点做出贡献的创造者，就像曾经发明了止血钳、无菌手术、麻醉剂、疫苗、抗生素的那些人一样。

不为良相，便为良医

医学到底是什么学？首先，它是科学，所以有其局限。很多疾病不是"治"好的，比如高血压、糖尿病、病毒感冒……而是通过用医疗手段激活你的免疫力，让你自己的免疫系统战胜疾病。

加拿大医生特鲁多的墓志铭写着："偶尔去治愈，经常去帮助，总是去抚慰"（To cure sometimes, to relieve often, to comfort always）。这句形容医生职责的话语，我认为在 100 年后的今天依然有效。

我们要告诉公众，不能因为天天宣传医学在进步，科学在发展，就认为医生无所不能，什么病都得给我治好。在暴力伤医的恶性犯罪事件当中，您知道哪个科室占比较大吗？眼科和耳鼻喉科。为什么？因为这两个科室的治疗结果和患者自身感受总有差异。医生治疗完毕，但是患者总觉得还是不舒服，对结果不接受。

我们不能把科学当成"无所不能"的神学，而且随着科学的进步，疾病也在进化，就像产生了抗药性的结核菌一样。要理性科学地对待这门学科。

医学仅仅是科学吗？不。我认为医学是科学和人文相叠加的综合学科，还可以叠加更多。我刚才说过，任何一个患者的症状，都是肉体疾病和由此引发精神改变、情绪改变的综合体，作为医生，如果不是同时具备科学知识和人文精神，怎么去面对他？医生给病人提供的最好的东西，首先是希望，其次才是具体的药方。即使患者已经走到生命的最后阶段，你也要让他看到希望——放心，可以不太疼。

这几年，疼痛医学成为一门快速发展的新兴科学，也是人文精神的体现。过去一说生孩子，就该是"痛并快乐着"，现在，产妇有权选择不疼。由一些慢性病引发的顽固性疼痛，渐渐地不再被视为"一种症状",而被视为疾病本身,有了更多的对治方案。

除了科学加人文,医学还有更大的意义吗?中国的老祖宗说:"不为良相,便为良医。"更大的医学其实是政治学,是社会学。

2019年年底,"读库"出了一套非常棒的书,叫《医学大神》,介绍了现代医学发展的四百年间,十四位在关键节点处做出贡献的"业界大神",也可以说是拓荒者。其中有一位德国医生,名叫菲尔绍,完整的细胞生理学和病理学体系就是由他构建的。

按说这已经足够伟大了,可是我在读这本书的过程中,更被他穿插于行医生涯中的一段政治生涯所吸引。他认为:医学进步最终能延长人类寿命,但社会进步能更迅速、更成功地达到这一目标。

19世纪60年代,菲尔绍作为普鲁士联邦议会成员,大力推进城市卫生建设,实施柏林下水道系统重建。在此之前,柏林是欧洲最脏的城市之一,由于公共卫生环境极其糟糕,疾病泛滥。那个时候欧洲人的平均寿命也不过35岁。下水道系统重建以后,污水横流的街道焕然一新,空气也不再令人难以忍受,公共卫生环境的改善使德国人的平均寿命快速增长。菲尔绍在改进医院体制等方面也做出重大贡献,因此可以说,他不仅是医学家，也是政治家。

我们再看1949年之前的中国，孕产妇死亡率高达十万分之一千五，现在降到了十万分之十几。那时，中国人的平均寿命才35岁，现在已经接近80岁，而北京、上海等城市的平均寿命早就超过了80岁。为什么？那时的人都只活35岁吗？不是。而是新生儿的死亡率（指婴儿出生一年内死亡的比例）高达千分之二百，极大地拉低了人口寿命平均值。现在，新生儿死亡率只有千分之几，个位数。大家想想，这么大的改变，仅靠医生能做到吗？

所以老祖宗说"不为良相，便为良医"，我想说，作为良医，也要有良相的思维模式，要积极参与到推动社会进步的进程当中。如果说，没有健康就没有小康，那么没有医疗体制和公共卫生的现代化，就没有我们国家整体的现代化。

我们各行各业的从业者，应该形成一个合力，共同站在"大健康"的角度，站在国家提出来的"健康中国战略"的角度，去推进公众健康事业的前进。我们把视线放得更宽一点。南通不只有"难"，更重要的是"通"。按武侠小说里的说法，希望各位打通你们的任督二脉。

就到这儿，谢谢各位！

南通大学

2020年11月14日

02 | 白岩松
做不一样的自己

"不务正业",乍一听是个贬义词,然而,在这个时代的人们很难一生只从事一种职业。你怎么知道你此刻在务的正业,就是一辈子该务的正业呢?

白岩松

中央电视台资深新闻人,
主持《新闻周刊》《新闻1+1》等栏目,
出版有作品《痛并快乐着》《幸福了吗》《白说》等。

兰州文理学院的同学们，大家好！

不知你们当初入学的时候，有没有想过，这所学校的名字蛮有意思，直接把其他大学下设的"文理学院"当成了本校的名字。学文还是学理，好像将大学生分成了两类，甚至高中阶段就开始文理分班，其实，这种简单的分类不是一件很合理的事。

1995年我采访杨振宁先生，他说了一句让我至今印象深刻的话："物理的尽头是哲学，哲学的尽头是宗教。"其间有一种周而复始、互融互通的本质。

科学家钱学森先生也不止一次对他的妻子表达感谢。他的妻子是中国顶级的音乐家和声乐教育学者，钱老常说，每当自己在科学研究的过程中被卡住，或者创造力枯竭的时候，妻子的音乐和歌声总能给他带来新的灵感。

此时的中国，更需要文科的学生多一点科学的思维，理科的学生多一点人文的精神，这样才可以彼此促进。尤其是这个时代，科学快速发展，比如，在技术层面已经可以实现基因编辑，那么我们该如何合理控制其发展，让它向善而不是向恶？这就需要科学伦理的制约，需要人文精神的护航。

如果把技术发展比喻为一辆飞速行驶的汽车，科学伦理就是刹车装置。如果说科学研究是在研发"动力"，人文精神就是在研究"制动"，从而确保人类前进过程中的安全。

不要因为我打了这样一个比方就产生误解，认为人文精神只管刹车。不，从更大的视野和更长的周期来看，人文思想的进步、观念的更迭，推动了全人类的进步。以欧洲为例，文艺复兴就是一次巨大的推动，让人性从神权之下解放出来，于是有了后来的宗教改革，又有了后来的工业革命，促使整个欧洲走向现代化进程。

当我们探讨完这些背景，再具体到每位同学，你们如何将母校的名字发扬光大，将理科思维和人文素养集于一身呢？有句话叫"大胆假设、小心求证"，在我看来就是特别好的文理结合。做任何事情之前，先以天马行空的想象力去大胆假设，这确实需要人文素养的支撑；接着，又能严谨执行、小心求证，这是科学精神的体现。

大家都刚进入大学不久，年龄差不多，能力水平也差不多。不仅是兰州文理学院的同学，还有你们考入全国各地高校的高中同学们，外部环境可能差异不小，但在此时此刻，内部条件其实相差无几。但是，四年以后呢？彼此之间的差异就显现出来了，甚至可能很巨大。

所以我很想对年轻的大学新生说，大学四年，重要的不是学了哪个专业，通过了哪些考试，而是通过学习、交流和四年成长，让自己拥有更强大的学习能力，更好的思维方式，更灵活开放的观念，变成一个"不一样"的自己。

今天与大家分享几个"老生常谈"。话是老话，但我对它们有新的理解，可能与传统理解不同，甚或刚好相反。老道理不一定都对，只是存在时间长了，就没人去质疑和反省了，也没人去换个角度思考了。而我之所以要谈谈我的新理解，也是启发大家从标准答案中解放出来。

老生常谈之一：标准答案

第一个"老生常谈"与"标准答案"有关：标准答案一定正确吗？我说，未必。比如经常有人问："《简·爱》为什么成为一部世界文学名著？"也经常有人很标准地回答："因为该作品深刻地反映了女主人公勇敢追求平等爱情的伟大主题。"

但是，描写女性追求平等爱情的文学作品多了，为什么只有《简·爱》经受住了时间的洗礼呢？这时你就知道，那个"标准答案"其实不太标准，稍加追问，就立不住了。最有价值的文化创造，不是创造了什么新的真理或意义，而是创造了新的细节，来负载和呈现那些真理和意义。在我看来，这才是《简·爱》久负盛名的深层次原因。

同样的道理，也适用于音乐。几百年间，贝多芬、巴赫、柴可夫斯基们，创作了不计其数的古典音乐曲目，旋律是无限且不同的，主题却是有限且相似的；聆听者的情绪最终可能会被带到某个相似的节点，但聆听的过程是全新的。

要做个"不一样"的自己，其中很重要的一点，就是能在标准答案之外另辟蹊径，看到第二个答案、第三个答案的可能性，而不是人云亦云。这种思维方式，非常有利于你在未来某个时候，实现人生的弯道超车。

再举一个例子。中国是电池生产大国，是蓄电池生产的超级大国，但在很长一段时间里，我们一提"电动车"，就想到一个答案：环保、清洁，但启动很慢。各个车企对电动车的研发兴趣似乎不大，因为老百姓好像还不想立即为"环保"买单。

突然有一天，美国有个"疯子般的"企业家埃隆·马斯克[1]，

---

[1] 埃隆·马斯克 (Elon Musk)：企业家、工程师、慈善家，同时拥有南非、加拿大和美国三重国籍。现任太空探索技术公司 (Space X) CEO 兼 CTO、特斯拉公司 CEO、太阳城公司 (Solar City) 董事会主席。

创造了一个电动车品牌叫"特斯拉",上来就宣布,旗下某款车型从0~100km/h加速只需3秒多,石破天惊。原来电动车可以比汽油车或者柴油车提速更快?他做到了。

是什么让我们作为蓄电池生产大国,却没在电动车领域里做出点石破天惊的事?我认为,是因为我们太过满足于标准答案,不热衷寻找第二个答案。如果你只是追随者和模仿者,而不是第二个答案和第三个答案的提供者,怎么可能创新?怎么可能去获取更大的利润呢?如果说人生也有利润,那你必须成为一个"不一样"的人。

带研究生的过程中,我提出一个微型"校训":"与其抱怨,不如改变;想要改变,必须行动。"而怎么去行动?其中很重要的一点:脱离标准答案,去找第二个答案和第三个答案。

老生常谈之二:眼高手低

第二个"老生常谈"说的是"眼高手低"。生活中用到这个词的时候,多是批评之意,形容一个人要求挺高,自己又做不到。可我恰恰觉得,"眼高手低"是成长过程中很重要的一个阶段。大学的一项很重要的任务,就是要把一群"眼低手低"的年轻孩子,逐渐培养到"眼高手低"的阶段,再争取将他"眼高手高"地送出校园,走向社会。

"眼高"意味着什么?意味着一个人对事物的标准高。你开始知道什么是好,虽然不一定能立即干好。比如我大学刚毕业的时候,分到《中国广播报》当编辑。刚去不久,领导安排我写一篇文章,那时自视"手很高",五千字不在话下,领导也没含糊,噼里啪啦,给我删得还剩一千五百字不到。我当时很愤怒,没敢直接说。不到一年后,当我重读那五千字的原稿,才发现自己当初手那么低,进一步觉得,领导对我真够宽容的。要是以我新的标准,可能删得连五百字都不剩。

仅仅一年,我从"眼低手低",变成了起码"眼高"。在当编辑的过程中,组稿、编稿、写稿,我的标准提升了,开始知道什么才是好文章。

在大学里也一样。大家经常有很多具体的抱怨,但是真的学习起来,又是懵懵懂懂的,你想过自己此时的标准在哪里吗?再举个与学习无关的例子,很多大四的女生特别不愿意看自己大一时的照片,为什么?因为经过了四年的大学教育,你的审美提升了,眼界提高了。可能经济能力和穿搭水准还不足以支撑你把自己装扮成理想的模样,但是,起码你知道了,自己还可以更好,以及怎样才能更好。

我自己在带研究生的过程中,非常强调标准的确立和达到。起手不够高没关系,但是你起码先抬高自己的标准。标准一高，对自己的要求就不一样，目标就不一样，方向就不一样。

至于如何达到高标准，也就是如何变得"手高"，需要理性的方法，科学的路径，光有感性的愿景不行。就像学习书法，先仔仔细细看帖，再老老实实临帖，最后才可能完全脱离字帖，创造你自己的字体。

我高考前半个学期，在班里的排名还是倒数，但是我下了一个决心，把所有的课本都装订在一起，然后从高考往回倒计时。要达到考前把所有课本温习三遍的目标，各科书目必须每天读几页，算出来以后就严格执行，甚至提前完成任务。后来，我考上了我的第一志愿。

在一个国家的发展进程中，"眼高手低"也是一个必经的阶段。1978年10月，时任国务院副总理的邓小平首次对日本进行正式访问。日方安排他乘坐"新干线"前往京都，在列车上，日本人很礼貌地给他介绍"新干线"的种种，邓小平听着，若有所思。隔一会儿，他对身边同行的人说："就感觉到快，有催人跑的意思，我们现在正合适坐这样的车。"

当时，诸多国家领导人走出国门，参观考察，看到世界领先的国家在科学技术、工业水准方面已经达到什么样的水准。我们眼界变宽了，标准提升了。我们看到了自己的落后，于是下定决心要大踏步地前进，这也是一个从"眼低"到"眼高"的过程。

邓小平访日归来不久，十一届三中全会召开，拉开了中国改革开放的大幕。经过其后42年的发展，我们的国内生产总值（GDP）翻了将近25倍，成为除美国之外的世界第二大经济体。还有一种算法说，到了2028年前后，中国的GDP就可能超越美国，成为世界第一。

当然，我们不必迷恋这个"世界第一"。没有当年的"眼高手低"，到不了今天的"眼高手高"。可是别忘了，中国人还有句话叫"水涨船高"。到了新的平台上，又该有新的标准。了解世界上所有高水平的事物，包括科技、体育、文化等方方面面，都是我们前行的动力。我们的目标不是美国，而是一个更好的中国。

那么人生的下一个阶段，比如到了我这个岁数，"眼"已经足够高，"手"不敢说高，起码仍在努力，这时我认为最该做的事，是让自己成为一个"眼低手高"的人。

好不容易提升上去的标准，难道要降下来？不，这里的"眼低"指的是一种谦逊的态度。

20世纪90年代，我采访书法家启功先生，问他："您去过琉璃厂吗？"言外之意是，那里有很多落款署着"启功"之名的仿作，问他是否知道。启老一下子听懂了我的潜台词，直接回答："嘿，真有比我写得好的！"我又问他，如何分辨真伪。他说："写得好的都是别人写的，写得差的，可能是我写的。"看似玩笑话，但是，我从中看到了老先生身上有种真正的"低下来"的姿态。那时的启老已是中国书法家协会主席，手已经高到了一定地步，但是他把自己的眼放低了。

《道德经》里有一句话："江海所以能为百谷王者，以其善下之，故能为百谷王。"意思是，最辽阔的水域是江和海，因为最低，才能令千河百川流归于此。老话说"一瓶子不响，半瓶子晃荡"，在这个时代，"半瓶子"都算水平高的了，很多"三分之一瓶子""四分之一瓶子"就已经骄傲得不得了。别忘了老祖宗的提醒，如果你想让生命像江海一样辽阔，先让自己低下去。

老生常谈之三：不务正业

第三个"老生常谈"要聊聊"不务正业"。乍一听，这是个贬义词，好像是说一个人吊儿郎当，成天不干正经事儿。但如果我问："30岁之前，我们是该一门心思只务正业，还是该留点儿余地，让自己稍微地不务一下正业呢？"可能大多数人又觉得应该选择后者，但我要不问，不会有人这样去想。

作家余华，高中毕业后没有马上念大学，做了五年牙医。

他跟我讲过，那是恢复高考的第二年，他的同学报志愿，有的填牛津，有的填剑桥，后来才知道这两所大学不在中国。因为没有正式读大学，他一直觉得自己认字不多，就只用他认得的那些字写作，形成了简洁明了的余华风格。很多年后，有国外的记者对他说："你的风格很像海明威。"余华反问道："海明威是不是也认字很少？"

余华如果一直务着他的正业，可能会是当地一个不错的牙医，但我们的文学舞台就少了一个写过《活着》《许三观卖血记》及《兄弟》的大作家。

《三体》作者刘慈欣，曾经的"正业"是在电厂工作。如果不是他利用业余时间"不务正业"，我们就读不到如此精彩的小说，他也无法获得国际科幻文坛最高荣誉——雨果奖。

还有《风声》《暗算》的作者麦家，高考语文只得了60分，幸好数学、物理分数高，让总分超过了大学提档线。所以他自己开玩笑说："写作能力跟语文成绩是两回事。"他一直也没务正业，曾经在情报系统工作了一段时间，后来离开了，一度"流浪"到电视台。他认为电视台的工作不错，因为"正业"对他没有太多时间约束，他可以创作。否则，也就不会有后来获得茅盾文学奖的《暗算》。

请注意，我举这三个人的例子，不是说手头工作不好好干，专门发展其他爱好。我想强调的是，这个时代，人们很难一生只从事一种职业。前几年有数据显示，中国人一生的平均工作岗位是 4.7 个，现在可能已经超过了 5 个。你怎么知道你此刻在务的正业，就是一辈子该务的正业呢？

现在大学生提到找工作，总是很焦虑。我经常对他们解释，你要找的只是你人生中的第一份工作，而不是人生中的终极工作。2020 年和 2021 年，大学生找工作的确不容易，但我仍然认为，"找工作"没有"找到理想工作"那么难。你完全可以先找一份眼下能找到的工作，既本着职业精神，把手头任务完成好，又本着一种骑驴找马的心态，慢慢发现自己真正的强项和热爱所在，继续寻找新的机会。

有时我会鼓励年轻人兼职，30 岁之前，只要有机会就可以多做尝试，否则你怎么知道自己适合什么呢？但是到了 30 岁以后，就该做减法了。人的精力是有限的。经过了此前七八年的"不务正业"，也积累了不少经验和资源，再加上机缘和运气，你可以选择从此只在某一两个领域，去打一口深井。

纵观很多历史人物的故事，你会发现，很多文化成果都是"不务正业"过程中的创造。

苏轼的正业是官员，一生颠沛流离，颇多感怀，擅舞文弄墨，因此他广为人知的不是仕途成就，而是东坡肉、苏堤，还有流传千古的诗词。此外还有南宋词人辛弃疾、南唐后主李煜、宋徽宗赵佶，被后人传颂的，都与他们的正业无关。尤其是宋徽宗，有点儿太"不务正业"了，不仅创造了"瘦金体"，还有各种书法作品传世。据说北宋灭亡之际，已被金兵俘虏的宋徽宗听说国家财富被掠夺一空，无动于衷，听说自己的藏书也在其中，才仰天长叹。

回看我们的中国文化史，就是一部"业余史"。这句话看似玩笑，从另一个角度来说，也是对"不务正业"的另一种解读。很多创新诞生于"不务正业"之中。

老生常谈之四：无用之用

第四个"老生常谈"，人们总说要做有用的事，我想反其道而行之，劝大家做点无用的事。什么叫有用的事？与钱有关的事，与名有关的事，与利有关的事。那什么是无用的事？比如此时此刻，你们在听我聊天。听完就能找到工作吗？不能。但是有无之间，又可以相互转化。

老子在《道德经》里说，"有之以为利，无之以为用"。什么意思呢？我把它翻译成白话。比如我们现在所在的这个礼堂，有顶，有墙，有门，这都是看得见摸得着的部分，否则礼堂就不成其为礼堂。但是，这个礼堂里真正能被用到的部分，是中间的"空"。没有"空"，我们无处容身。我们不能坐在顶上，也不能嵌在墙里。

一个杯子，可能是玻璃的，搪瓷的，塑料的，外观可以很漂亮，但是，起作用的仍然是中间的"空"。有了"空"，才能装水。

我带的研究生，两年一届，每届学生的开学第一课，我都会告诉他们：这儿不是一个直接帮你找工作的地方，但是如果你在这里好好度过两年，可能有助于你找到好的工作。这也是"有用"和"无用"之间的转化。

对于大学生来讲，什么是无用的事？可不是刷手机啊。我有一句非常朴实的心里话："除了读书，我们还能有什么优势吗？"你们此时此刻最大的优势就是读书，读好书，读闲书。当别人把几小时几小时的光阴都用在了刷手机上，而你读完了一本又一本真正想读的，对你的心灵有滋养的书，未来有一天，当你需要弯道超车的时候，这些无用的事，突然就变得有用了。

去年我读了一本书，很感慨。作者托马斯·弗里德曼[①]曾经写过一本风靡一时的畅销书《世界是平的》，这本新书叫作《谢谢你迟到》。为什么呢？华盛顿生活节奏很快，作为《纽约时报》专栏作家，弗里德曼会在位于闹市区的办公室附近，定期利用早餐时间会见朋友，或者做一些采访，这样才能把每

[①] 托马斯·弗里德曼（Thomas L. Friedman）：美国著名记者、经济学家，普利策奖终身评审，哈佛大学客座教授，曾供职于《纽约时报》。

天的日程填得更满，让自己仿佛效率更高。但是，前来赴约的人总会因为交通问题或别的原因，迟到一二十分钟，而这段等待的时间，让他正好可以将最近的一些零散观点梳理、贯通起来。慢慢地，这本关于当今世界思考的新书也就逐渐成形。所以书名叫《谢谢你迟到》。

难道现代人已经可怜到这种地步，想做点无用的事，还取决于其他人是否迟到？其实这个作者是非常聪明的，他是希望读者从他的经历中有所借鉴，每天都主动给自己一段空下来的时间，发发呆，想想事，让紧张固着的思维放松下来，发散开来。每天的日程表排得满满当当，看似很充实很努力，实际上没有创造，没有进步，保不齐十年过去了，您还在十字路口原地踏步呢。

做好自己，管管闲事，相信他人

还有三点"老生常谈"，简单说吧：不巴结领导，管管闲事，以及，"相信"是一种能力。

为什么说不巴结领导？因为领导不一定喜欢被巴结。我从1993年进入中央电视台，到现在已经二十七年了。这二十七年间，我去过四次台长办公室，都是被叫去谈工作的，谈完就离开了。我知道很多人会主动往台长办公室跑，最早我也含糊过，但是含糊归含糊，最终还是没有主动去过。很多年后，我看到老台长杨伟光的一段文字，热泪盈眶。那段文字的大意是：我最讨厌有事没事儿来我办公室"联络感情"的人，既浪费茶叶又浪费时间；我很尊重那些从不主动找我，却在自己的岗位上把事情做好的人。

杨台长的办公室我只去过一次，因为一个片子要审片，我是陪着审片的人。因此我认为，如果巴结领导才能让你得到机会，这种机会也挺"危险"的。而且领导的眼睛也是雪亮的吧，干吗要去浪费人家的茶叶和时间呢？在工作岗位上，最踏实的保障就是你的专业能力不断提升，你是不可替代的，谁都不会不用你。自己水平不够，想要靠巴结领导改变命运，失败的概率可能更高。

再说"管闲事"，这就涉及整个中国从熟人社会到公民社会的转型。在相当长的一段历史时期里，中国人的生活半径很小，乡里乡亲，低头不见抬头见，甚至祖祖辈辈都认识。因此，在熟人圈子里，我们的道德水平极高。熟人托你买张车票，穿军大衣排一宿队也不在话下。哥儿几个一起吃饭，为了抢着买单还打起来了。

但是，随着封闭的生活圈子慢慢打开，我们离开乡土，走进陌生人的社会，就开始出现种种道德水平低下的现象。那是因为我们还没有学会做一个公民，学会在公共空间里守纪律、讲道德。

长期以来，父母、长辈教给我们的，都是"少管闲事"。什么叫闲事？就是跟你自己无关的事。所谓"精致的利己主义者"就是不管闲事的人。但是我们作为青年一代，要改变这种观念，提升自己的境界和水准。一个对社会有用的人，应该是要"管闲事"的。首先，自己做到遵守公德；其次，遇到不守公德的人，你能不能予以提醒？有时候，他对自己的不当之举是没有意识的。当然，我们也需要相关法律的完善。

"管闲事"应该成为我们大学教育的一个重要目标。我希望每位走出大学校园的毕业生，都是合格的中国公民。

最后说说"相信"。我看到身边的很多年轻人，在很多事情上，越来越倾向于"不相信"。"不相信"有它好的一面，不盲目相信标准答案，不盲目相信权威，不盲目相信既有现状，希望改变、创新、突破。但另一方面，仍有很多东西值得你去"相信"。相信人性的温暖，相信社会在进步，相信正义和公理不会缺席。

"相信"是一种力量，从个体角度来说，"相信"也是一种能力。你把未来当成朋友，未来就真的成为你的朋友；你把未来当成敌人，当成一个令你担心的陷阱，未来可能就真成了你的敌人和陷阱。

不仅年轻时要相信，即使年纪渐长，仍有一些相信是不变的。经常有人问我，什么时候就不干新闻了。我说，我现在仍然相信新闻是一种力量，能帮助这个世界变得更好，如果有一天我不再相信了，可能就不干了。我之所以愿意携手很多同仁，一起走进全国的高校，跟年轻人对话，给各位信心，为各位加油，也是因为我们相信，这样做，有助于让你们变得不一样，成为更好的自己。

能让《对白》从设想变为现实的重要原因之一，就是我们彼此还相信。谢谢各位！

兰州文理学院
2020 年 12 月 17 日

03 | 单霁翔
让文化遗产活起来

当文物得不到保护、得不到修复的时候,它们是没有尊严的,是蓬头垢面的。只有得到了呵护,得到了展示,它们才能在面对公众的时候,显得神采奕奕,光彩照人。

单霁翔

清华大学建筑学院研究生,工学博士,博士生导师。先后任北京文物局局长、国家文物局局长、故宫博物院院长、故宫学院院长、北京东城文化发展研究院院长。

老师们好，同学们好！我是故宫"看门人"单霁翔，非常高兴来到校园和大家交流。

今年，一场突如其来的疫情，使我们每个人都前所未有地关注起生态环境。在这颗有着四十多亿年历史的蓝色星球上，人类已经居住了三百多万年。过去一万年，我们的居住环境发生了深刻的变化，从渔猎时代向更加辽阔的生存空间拓展。"北斗"卫星导航系统、"天问一号"探测器，已经在探索宇宙的奥秘。但是我想，未来还有相当长的一段时间，我们还是要脚踏实地地生活在地球上，城市中。

过去几十年的中国，发生了人类社会最激烈的城市化加速进程。绿色空间在不断减少，城市在不断扩大。这是一个历史的必然。我是一名建筑师，长期从事城市规划工作，在过去的二十年，先后从事过文化遗产保护和博物馆工作。今天，我想从建筑、文化遗产保护和博物馆这几个维度和大家进行交流。

文化遗产既是民族的，也是世界的

  我们都知道，中华民族有五千年的文明。但是，一个多月前，我在山西壶口参加一个国际论坛，一位外国驻华大使说，他们国家有五千年的文明，比中国早两千年。这个发言让我确实伤心。其实，我们的考古学家、历史学者通过中华大地上满天星斗般的文化遗存，实证了五千年文明的存在。但是这位大使并不知道。所以我想，要讲好我们的中国故事。

  其实，我们今天保护文化遗产，就是要讲述在人类进步过程中，文化遗产对于当代人们生活的意义。"世界遗产运动"开展时间并不长。第二次世界大战以后，人类才开始关注自己的国家、城市中那些具有"突出的普遍价值"①的文化遗产，当它们受到威胁时，会举全国之力，甚至求助于国际社会进行拯救。

  埃及的努比亚遗址②，在建设阿斯旺水库的时候，一度面

---

① 突出的普遍价值 (the Outstanding Universal Value)：世界遗产委员会评选活动的标准和依据，1977年教科文组织发布的《实施世界遗产公约的操作指南》将"突出的普遍价值"阐释为：对全世界人们具有普遍或者广泛评定的重要性，突出影响价值。

② 努比亚遗址：位于尼罗河上游，拥有埃及南部最宏伟壮观的遗迹群，包括阿布辛贝的拉美西斯二世神庙及菲莱岛上的伊西斯圣地。1979年努比亚遗址被列入《世界遗产名录》。

临湮没于水底的危险。当时,三十多个国家在联合国教科文组织的号召下,集体进行拯救,使得我们今天还可以看到它们雄伟的样貌。一次次拯救行动,也使得一项理念越发明确:这些文化遗产不是一个国家、一个民族所独有的,它是我们人类共同的遗产。

这个理念诞生以后,很快达成共识。1972 年,联合国教科文组织颁布了《保护世界文化和自然遗产公约》(Convention Concerning the Protection of the World Cultural and Natural Heritage)[1],简称"世界遗产公约"。

2000 年,第 24 届世界遗产委员会会议 (The 24th Session of the World Heritage Committee) 做出了一项对我们十分不利的决议:限制已有较多世界遗产的国家申报,一国一年只能申报一项(即《凯恩斯决议》)。虽然,这项决议在 2004 年于中国召开的第 28 届世界遗产委员会会议上得到了修订,但是这依然意味着即使是我们这样拥有丰厚文化遗产资源的国家,每年也只能申报一项文化遗产。[2]

这项决议无疑是正确的,旨在平衡文化多样性,帮助那

---

[1] 《保护世界文化和自然遗产公约》:通过于 1972 年 11 月 16 日举办的联合国教科文组织大会第 17 届会议,在全球范围内,共有 178 个国家或地区加入,是目前加入缔约国最多的国际公约之一。

[2] 2004 年,第 28 届世界遗产委员会会议于中国苏州召开,大会的重要成果即"苏州决定",它对 2000 年的《凯恩斯决议》进行了重要修改:2006 年起,《保护世界文化和自然遗产公约》每个缔约国每年申报的世界遗产项目从一项改为最多两项,其中至少包括一项自然遗产提名。

些还没有进入世界遗产大家庭的国家也有机会申报本国项目。但是，申报的过程非常严苛，每年成功入选的不到30项。那么，我们长长的预备名单怎么办？需要不断地和相关国际组织沟通，包括国际古迹遗址理事会、世界遗产中心、国际文化财产保护与修复研究中心（罗马中心）。要让他们了解，我们国家在加速城市化建设的过程中，这些文物保护是带有"抢救"性质的。我们必须讲好故事，利用每年仅有的一个名额，促使祖国更多的文化遗产进入《世界遗产名录》。

2014—2019年，从吉林高句丽王城、王陵及贵族墓葬申遗的成功，一直到中国良渚古城遗址成功入列《世界遗产名录》，至此，中国一跃成为全世界拥有世界遗产最多的国家。在此过程中，我们不仅抢救、保护了大量珍贵的文化遗产，也向全世界人民展现出了我们源远流长的中国故事。

把一个壮美的紫禁城完整地交给21世纪

北京是文化古都，城市中心有一条清晰的中轴线，南起永定门，北至钟鼓楼，直线距离长达7.8公里。上百年来，这条中轴线上的景象发生了很大的变化，但是，中轴线上的古建筑群还在，城市脊梁的格局还在，两侧平缓开阔的城市风貌还在。于是，北京市就希望中轴线能够作为世界文化遗产在"十四五"规划期间进行申报。

当然，中轴线上最大的一组建筑莫过于昔日的紫禁城——今天的故宫博物院。在北京市规划部门工作的时候，我有幸参与到故宫的一系列保护工作中，其中重要的一项就是避免大体量建筑物、建筑群侵入中轴线与故宫的文化景观。于是，我们就在两侧划分了宽阔的建设控制地带——"胡同—四合院"历史文化保护区，使中轴线两侧平缓开阔的格局得到了保护。

1994—1996年，我在北京市文物局工作。那个时候，故宫门前的筒子河[①]与城墙中间的狭长地带，居然挤着400多户居民和20多个单位，生活工作都很不方便。两侧居民、单位倾倒的垃圾，一直堆积到水面，还有465条污水管向筒子河排污，水质被污染为"劣五类"[②]，筒子河已经完全没有了尊严。

我们就喊出了一个口号："把一个壮美的紫禁城完整地交给21世纪"。当时距离"21世纪"还有三年时间。在社会各界的共同努力下，污水截流，居民和单位搬迁，21世纪到来之时，筒子河终于变得碧波荡漾了。而今，无论春夏秋冬，白天夜晚，总有很多摄影者将紫禁城的城墙、角楼、筒子河摄入

---

① 筒子河：紫禁城的护城河，全长3.5千米，水面宽52米，深4.1米，除防卫之外，还有防火以及为故宫提供水源之用。
② "劣五类"：根据国家环境保护总局所颁布的《地表水环境质量标准》，将水域划分为Ⅰ类、Ⅱ类、Ⅲ类、Ⅳ类、Ⅴ类，其中Ⅴ类属于重度污染。

镜头，传到世界各地。

2012年，我任职于故宫博物院，我知道这里是世界规模最大、最完整的古代宫殿建筑群，是全世界中国文物藏品最丰富的宝库，也是一座全世界来访游客最多的博物馆。但是当我置身于游客中，反复体验，发现他们其实没有感受到这些"世界之最"。

为什么？你说你的馆舍宏大，但是当时大部分区域都没有开放，立着"非开放区，观众止步"的牌子；你说你的藏品丰富，但是99%的藏品沉睡在库房里，对外展示的不足1%；你说你的观众数量最多，但是人们一进故宫博物院，几乎都是目不转睛地跟着导游的小旗子往前走，听着不太专业的讲解：看看皇帝坐的地方、躺的地方、大婚的地方、上早朝的地方，看看珍宝馆钟表馆，然后御花园集合，休息一会儿去吃午饭，下午去长城……走马观花地"到此一游"而已。那么，人们走出故宫博物院，究竟能够获得什么？

所以，这些"世界之最"本身其实并不重要，我们如何能够让这些文化遗产资源活起来、真正融入人们现代化的生活中，才是最重要的。于是，我们开始了为期三年的环境整治工作，包括室内10项内容、室外12项内容。

首先是室内。第一，散落文物清理。我们清点散落在各个房间的还没有归档的文物，将它们归档入库后，清理出很多个房间。

第二，建筑构件清理。对当时遭到风化或锈蚀的建筑构件，我们进行了修缮，该保护的保护，该重新利用的重新利用。

第三，门窗文物清理。由于几十年来的开放需要，故宫博物院有很多拆卸下来的门窗物件堆在通道上，挤满了几十个房间。其实它们也是古建筑的重要组成部分，应该得以妥善保管，我们把它们进行了修缮，专门建古建筑馆进行陈列。

第四，箱柜文物清理。20世纪80—90年代，故宫博物院修建了两期地下库房用于保存部分文物，空出来的大箱子就留在了原来的房间，占据了近200间房屋。其实，无论是樟木的，还是紫檀的，或是皮革的，这些箱子都带有一定的历史信息，应该得到妥善的保管。于是，我们就建了三个大型的箱柜仓储库房，对所有的箱子进行了保护，又腾出了更多的房间。

第五，织绣文物清理。过去，各个房间里的地上或炕上堆有很多被子、褥子、毯子、毡子、门帘子，其实这些也是古人用过的东西，应该妥善地保护。于是，我们对它们进行了除菌、熏蒸和修复，建立了专门的织绣库房进行保护。

第六，展览柜具清理。过去一场展览结束，人们往往会打开一个房间，将各种展柜、展具往里一堆，把门一锁，这就是仓库。之后的十年、二十年里，再也没有人进去，早已被人们遗忘。对于这些展览柜具，我们也进行了清理。

第七，闲置物品清理。出于过去"破家值万贯"的管理理念，我们还积攒了很多使用过的桌椅、沙发、运动器材等闲置物品舍不得扔，这些国有资产占用了大量的空间，无法随意处置，我们也整体办理了相关手续，进行了清理。

第八，杂物垃圾清理。那些一二十年没有人进去过的房间，里面堆放着杂乱无章的物品，沉积了经年累月的尘土。经过三年艰苦卓绝的整治，我们终于将故宫博物院的9371间房屋打扫得干干净净。

第九，家具陈设修复。在故宫博物院的上百间房子里，都有一些连在墙上、不可移动的柜子、床具，我们把这些家具修复到了原状。

第十，帖落①文物保护。很多房间的墙上都有古代皇帝或大臣的字画，对于这样珍贵的文物，我们也进行了保护。

当然，室外的整治比室内更为艰苦。其中有几项工作，确实十分不易。

首先是地面杂草清理。过去，故宫博物院的很多地方是非开放区域，杂草没膝，甚至没腰。有经验的的老员工曾经告诉我，进入那些非开放区域的时候，一定要先大喊两声，否则踩到小动物，你也尴尬，小动物也尴尬。比如非常著名的玄穹宝殿，过去门前也是杂草没膝，但是今天的玄穹宝殿干干净净，不该长草的地方，一根草都不让它长。

---

① 帖落：中国传统绘画的一种装潢方式，直接裱糊于墙壁或槅扇，一般尺幅较大，有学者称之为"纸质壁画"。

不该长草的地方还有屋顶。过去我们的屋顶上有很多杂草，生态环境倒是很好。但这些草要生存，就会把根扎进瓦里，瓦片就会松动，雨水就会灌进房屋，导致梁架糟朽。所以，我们下决心对杂草宣战。这是很不容易的一件事，因为这些杂草不是拔下来就可以了，两场雨下来，它们还会长出来。所谓"斩草除根"，我们要一片片把瓦揭开，把草根取出来，把古建筑重新做好，把缝抹严，不要叫草籽再进去。这样一连干了两年，我们终于可以对社会宣布：紫禁城1200栋古建筑上没有一根草。

其次是更复杂的基础设施改造。曾经的紫禁城布满了大量的市政管道，它们犬牙交错、跑冒滴漏，无情地穿越了我们的内金水河和古建筑，不仅占据了很多空间，也为我们的开放造成了很大的障碍。那么，我们就下定决心解决这个老大难的问题。经过长达一年半的设计和报批，我们终于获准在古建筑地下8~14米的地方采取盾构方式，躲过地面与文化层，建了两个断面3公里长的共同沟，将17种管线全部埋入地下，从此一劳永逸，再也不用开挖古建筑的地面，也不用穿越我们的古建筑群，同时还能满足我们扩大开放的需要。

此外，我们还对几十年积累下的临时建筑进行了清理。故宫博物院一共有135栋临时建筑，比如曾经围绕"南三所"[①]

[①] "南三所"：位于紫禁城东部、外朝东路文华殿东北处的一组宫殿建筑群，明朝这一带有端敬殿、端本宫，为东宫太子所居。其中原有殿名"撷芳殿"，清康熙年间太子胤礽之宫人于此居住。乾隆十一年（1746年）在撷芳殿原址兴建三所院落，作为皇子居所。因其位在宁寿宫以南，故又称"南三所"。

的七栋花房。"南三所"是清代皇太子生活的地方，共有九组院子，覆有非常漂亮的绿琉璃瓦。然而，我们工作了几十年的老员工，都没见过"南三所"的真正模样，它一直被七栋花房包围着。后来，我们在北京郊区建了古典花卉养殖中心，承担了花卉培养的功能。每年初春，将养好的花卉接到故宫的各个庭院，深秋再送回养殖中心。这样，花房没用了，我们才把它拆掉，人们才第一次看到"南三所"的样子。

　　总之，经过三年艰苦卓绝的努力，故宫的环境终于改变了，我们终于实现了当初的诺言。而且在环境整治之后，我们喊出了一个新的口号："要把一个壮美的紫禁城完整地交给下一个600年！"

　　紫禁城是公元1420年在明成祖永乐皇帝手中建成的，2020年恰好迎来它600岁的生日。我们希望人们走进故宫博物院，看到的只有古代建筑，没有任何一栋伤害其景观的现代建筑或临时建筑。我们没有食言，我们做到了。

　　于是，故宫博物院开始以每年递增10%的规模，扩大开放面积。2014年，故宫博物院的开放面积首次突破了50%，之后又从2015年的65%、2016年的76%，一直到今天的80%，这就是"三年大整治"带来的"三年大开放"。

　　过去很多人们不能进入的空间，今天变成了开放区域。比如著名的太和殿，几十年来，人们在参观太和殿之后，向北只见高大的宫殿，宽阔的广场，连一棵树都没有。曾有很多游客问过我："故宫里为什么没有树？"过去我只能告诉他们："你们再往北边走，最北边的御花园有树林。"其实，只要走出太和殿西面的右翼门，迎面就有18棵300年树龄的大槐树；而太和殿东面的左翼门背后，就是古人曾经骑马射箭的箭亭广场。只是这些区域，过去从来没有对观众开放。今天，我们整治了两边的环境，开放了两边的区域，举办了丰富多彩的展览，人们才恍然大悟：原来太和殿两侧的"一步之遥"有着这么好的生态景观。

随着我们的扩大开放，今天有越来越多的观众来到故宫博物院，2019年，故宫博物院的购票参观人次达到了史上最高——1933万。此外，每年还有大量无须购票的学生观众，多达六七十万，那么加在一起，故宫博物院每年都会迎来2000万名观众，并且这个数量还在不断地增长。最令人欣慰的是，在这2000万观众中，有一半以上都是35岁以下的年轻人，越来越多的年轻人开始喜欢我们这座昔日的紫禁城，今天充满活力的故宫博物院。

今天，我相信每一位中外观众走进故宫博物院，一定能感受到这座世界上规模最大的古代宫殿建筑群，被保护和修缮得如此之健康，如此之壮美，如此之有尊严。他们会感动于我们中国对为保护世界文化遗产所做出的积极贡献。

让古建筑成为优秀的博物馆

我们的建筑设计要更尊重自然,实现人与自然的和谐。故宫博物院不是作为博物馆建设的,但是今天它是博物馆。对于古代建筑是否能够成为优秀的博物馆建筑,我们也进行了一些实践。

比如故宫里面最大的一组古建筑群——午门雁翅楼。雁翅楼两侧各有1000平方米的空间,再加上中间空余的800平方米,总共形成了2800平方米的可利用空间。但有很长一段时间,这里堆放着从成千上万的老百姓家中汇集的"大瓶大罐"——39万件文物。它们曾经作为外贸文物出口创汇,改革开放以后再度回到博物馆,由于并非宫廷文物,它们无法进入故宫博物院,一直占据了很多的空间。直到中国国家博物馆建成,需要添置文物,于是我们就把这39万件文物移交给了国家博物馆,雁翅楼的空间才开始得以合理地利用。

今天,我们将午门雁翅楼设计成了世界上最有魅力的临时展厅。很多外国的文化部长、博物馆馆长来到这里,眼睛都亮了,纷纷要求将自己国家的展品送来展示。我们的展厅一直很忙,举办了一系列很有影响力的展览,比如《紫禁城与海上丝绸之路展》《千里江山——宋代青绿山水画特展》，以及2019年初的《贺岁迎祥——紫禁城里过大年》。每天有少则2万、多则4万的观众进入展区，观看丰富多彩的展览，一改过去"进入故宫博物院只能一直往太和殿走"的状况。

故宫博物院一共保存着10200件各个时期不同材质的雕塑，但是过去，它们大多都在库房"睡觉"，不为人知。甚至一些高大的雕塑连库房都没能进入，比如一组北齐年间的"一佛二菩萨石像"，它们至今已有一千五百年的历史，但是几十年来，两尊菩萨像就在南城墙的墙根底下站着，佛像就躺在地上，脸色、表情都不好。作为院长，我走过这里看到这些，心里是多么难过啊！

于是，我们修复了故宫西部最大的宫殿——慈宁宫，在此设立了五座雕塑展厅，成立了故宫博物院的雕塑馆。如今，这些佛像、菩萨像的表情、脸色都好了。

当我第一次进入故宫博物院的库房，就吓一跳，还以为谁躺在库房的台阶底下。他们告诉我，那是周恩来总理特别批准给故宫保存的一套秦始皇陵兵马俑。我说："兵马俑这样珍贵的文物，怎么躺在台阶下面呢？围着海绵、躺在担架上，就像伤兵似的。"我们赶快进行了抢救和维护，今天将它们展示出来，终于显得神采奕奕。

这就告诉我们，当文物得不到保护、得不到修复的时候，它们是没有尊严的，是蓬头垢面的。只有得到了呵护，得到了展示，它们才能在面对公众的时候，显得神采奕奕，光彩照人。所以，我们下决心要把故宫博物院所收藏的1862690件文物全都修复得神采奕奕，光彩照人。

紫禁城有四座城门和四栋角楼，但是过去都没有对公众开放，而是用作库房。其实，在如此高的城台之上，这些古建筑用作库房是不合适的。比如东华门，曾是非常珍贵的《乾隆版大藏经》库房，但是这些堆积如山的书版上落了厚厚的一层土。我们小心翼翼地把它们一块一块取下来，进行了修复，又专门修建了书版库房，将其陈列得整整齐齐、浩浩荡荡。

如今，一座座城门变成了博物馆。东华门变成了古建筑馆，故宫收藏的4900件古建筑藏品，终于可以在这里得到展示。我们开放了故宫的北门——神武门，过去人们走到神武门下，就意味着参观结束，即将走出故宫博物院，但是今天的人们会发现，在走出故宫博物院之前还有惊喜：原来在神武门的上方建有两层大型展厅，常年举办着引人入胜的展览，比如《砚德清风——故宫博物院藏清代宫廷用砚精品展》《爱琴遗珍——希腊安提凯希拉岛水下考古文物展》《传心之美——梵蒂冈博物馆藏中国文物展》，等等。待人们走出展厅就会发现，他们可以不再走出神武门，可以走到城墙上，沿着城墙来观赏紫禁城的风光。

我们开放了宁寿宫畅音阁大戏楼。这是中国保留下来的最古老的宫廷戏楼，已经一百多年没有再演戏了，也没人敢想还能在这里演戏。其实，这种木质结构的建筑，你把它修好了，锁起来闲置在那儿，它糟朽得更快。越是正常地维修，经常地使用，它会越健康。于是今天，我们将畅音阁作为戏曲馆面向公众开放，人们在这里又可以看到传统的戏曲表演。

2015年，在宝蕴楼①一百岁生日的时候，我们也将这栋紫禁城最年轻的建筑进行了修缮，同时作为早期的院史陈列馆首度对公众开放。

随着一座座古建筑的开放，我们又把目光投向了那些地面库房。比如156米长的南大库②，曾经用来存放各种材料、木料。在物流便捷的今天，已经没有必要再占据库房来存放这些物品，我们就把它们移了出去，将修缮好南大库作为故宫的家具馆对公众开放。

故宫有6200件明清时期的家具藏品，用我们老员工的话说，"不是紫檀就是黄花梨"。但是这些珍贵的文物过去分散存放在94间小库房里，自二三十年前被人们推进去之后，就再也没出来过。不能通风，不能修缮，不能研究，不能展示，规

---

① 宝蕴楼：1913年初为解决沈阳故宫及河北承德避暑山庄所藏文物运至北京之后的存放问题而修建，1915年完工。宝蕴楼曾保存了23万件文物，2017年入选"第二批中国20世纪建筑遗产名录"。

② 南大库：位于紫禁城西南角，原是多种库房集中的区域。在南大库保护管理用房建成前，其东部是建筑施工备料场。

格小一些的家具最高摞了11层,包括一张紫檀木的小炕桌,边上镶着一圈和田玉,连四个桌脚都是和田玉的,也都忍气吞声地挤在里面。

  为什么不把这些家具展示出来呢?于是我们建了大型的家具馆,来陈列这些组合式或情景式的精品家具。古代皇帝用过的鱼缸,小金鱼还可以在里面游;琴棋书画的景象构成了历史的故事,《乾隆皇帝是一是二图》[①]里的书画景观得以重现;还有更多深藏的珍贵家具,进行仓储式的陈列,让人们流连忘返。

让文化融入人们的生活

  我们今天该用什么样的文化成果来感染社会,丰富人们的文化生活?故宫收藏了那么多的文物藏品,应该不断地把它

[①]《乾隆皇帝是一是二图》:创作于清代的一幅设色纸本画,因上有乾隆皇帝的御题而得名:"是一是二,不即不离。儒可墨可,何虑何思。长春书屋偶笔。"图绘乾隆皇帝身着汉人服饰,正在坐榻上观赏皇家收藏的各种器物。其身后点缀室内环境的山水画屏风上,悬挂一幅与榻上所坐乾隆皇帝容颜一样的画像。以这种画中画的形式表现皇帝的肖像,在西洋画中是没有的,在中国历代皇帝中,也仅乾隆皇帝一人。

们呈现出来。

我们中国有五大名窑——哥窑、汝窑、定窑、钧窑、官窑，一度深藏在库房里，我们就用五年的时间把它们一期一期地展示出来。故宫博物院所收藏的367000件瓷器，其中90%是景德镇出品的官窑瓷器。过去，景德镇制造的瓷器只有两种结果：制作精良的，选入紫禁城由皇帝独享，普通民众无法看到；烧制欠缺的，直接被打碎销毁，埋入地下，人们依然看不到。但是今天，皇宫变成了博物馆，这些瓷器人们都能看到了。

2003年，景德镇御窑遗址被发掘，神秘的御窑得以重见天日，它们与故宫博物院所藏的明清御窑厂瓷器遥相呼应，我们希望这两批亲兄弟般的瓷器能够重逢，同时向人们展示御瓷的生产环节。于是我们举办了一系列"明代御窑瓷器展"，从"洪武""成化"到"同治""正德"，将各个年代的御窑瓷器进行了对比展示。比如同一种龙纹盘（正德朝御窑青花八思巴文款海水云龙纹盘），我们会将故宫收藏的藏品与景德镇出土的文物置于同一间展厅进行展示，"亲兄弟"见面了。

我们今天的书画展也一改旧日的展览模式，不再仅限于将书画作品干巴巴地挂起来，而是在展览设计上融入作者的生平时代、历史背景、创作心境，同时将所处年代的家具、用具一同展示。每一期展览都要通过对创作者和作品的深入思考来布置不同的展示环境，为观众提供一种身临其境的、能够冥想和休息的空间。比如，我们举办清末民初画家吴昌硕的画展，不仅展示吴昌硕的画作，也将那些影响了吴昌硕的画家的作品，以及受到吴昌硕影响的画家的作品，都一同展示出来。这样生动的展览能够吸引更多年轻人，让他们体会到历史文化的传承。

其实我们还有很多可以开发的文化资源，例如宋代王希孟的《千里江山图》。2017年，当我们第一次将它全卷打开，这幅传世名画就惊艳了世界。这幅采用散点透视技法的中国书画珍品，纵51.5厘米，横1191.5厘米，由9个篇幅构成，像交响乐一样展现了中国的万里江山和山下的人居环境。无论是画中的传统建筑，还是桥梁、船只，又或是人们的劳作场景，都展示了中国古代和谐的文化景观。因此，这幅画很快就得到了社会的反响，2017年9月，我们举办的《千里江山——宋代青绿山水画特展》也引发了一场"故宫潮"。

过去，我们书画展中的"前言"往往是一些难懂的专业语言，人们看一眼就走开了，并不仔细阅读。而在《千里江山——宋代青绿山水画特展》这场展览里，我们则采用了很平实的语言：

青绿山水，自隋代展子虔①之《游春图》起，代不乏人。唐之"二李"②，宋之王希孟，元之赵孟頫，明之文征明、董其昌，清之"四王"③，民国以降之，张大千、吴湖帆④。千年之名家，千年之名作，千年以后汇聚紫禁城午门，启百年故宫青绿山水大展之盛事。让人们通过文物承载的历史信息，看得见岁月留痕，留得住青山绿水。

短短的一百多字，将这里展示了谁的作品、他们之间是怎样的传承关系、如何百年来第一次汇聚在午门雁翅楼，交代得清清楚楚。为什么办这项展览呢？就是要让人们"看得见岁月流痕，留得住青山绿水"。

---

① 展子虔：隋代绘画大师，汉族，渤海（今山东惠民何坊街道展家村）人。历经东魏、北齐、北周、隋朝，到隋代为隋文帝所召，任朝散大夫、帐内都督等职。

② "二李"：指唐代玄宗时期的杰出书画家李思训、李昭道父子。李思训受展子虔影响颇深，擅画青绿山水，被后世尊为山水画"北宗"之祖，据载作品有《江帆楼阁图》，现藏台北故宫博物院；李昭道是李思训之子，传世作品有《春山行旅图》。

③ "四王"：指清代画家王时敏、王鉴、王翚、王原祁，在画史上被合称为"四王"，在当时的画坛上居于主导地位。

④ 吴湖帆：清代著名书画家吴大澂之孙，绘画大师、书画鉴定家，集绘画、鉴赏、收藏于一身的显赫人物。

拥抱新科技，让文化遗产活起来

今天，我们还要采用新的先进技术来传播传统文化，所以我们经过精心研发和制作，建立了故宫博物院的数字博物馆。端门数字博物馆的规模很大，其中包括多项数字大展——"数字地图""数字地毯""数字书法"和建筑主题 VR 影院，等等，以及"从紫禁城到故宫博物院"大型主题沉浸体验空间。

我相信它是当今世界上最好的数字博物馆之一，因为它不但技术先进、设备先进，而且所有项目都源于深挖自己文化资源所凝练出来的原创。

在这里，你可以和我们 1200 栋古建筑一一对话；在这里，你可以看到我们深藏的 1500 块大地毯的图案；在这里，你可以提取一幅书法进行临摹，之后还能获得机器的公正打分——"写得太棒了！""写得惨不忍睹！"在这里，你可以实现与书画中的小动物进行的互动；在这里，你还能够清晰地看到我们每隔三年才可能展示一次的书画作品的细节。

行至"数字多宝阁"前，你可以点击自己喜欢的器物，进行放大或多角度地旋转观察，通过分解步骤，你还可以了解它们的制作与使用过程；进入"虚拟现实"中，你可以走进那些在现实参观时不可能进入的狭小空间，比如乾隆皇帝那间位于养心殿、实际只有4.8平方米的书房三希堂，现实生活中只要进去两个人，整间书房就会很挤了，但是在虚拟现实中则完全不是问题；站在"数字屏风"前，你可以穿起一套一套古代人的服装；操作"电梭子"，你可以学习美丽的织绣工艺；来到"虚拟现实剧场"，这里循环播放七部VR影片，你还可以看到故宫博物院那些在正常视角下无法显示的整体景观和细节。

2018年，我们和凤凰卫视联合研发了《清明上河图3.0》高科技互动艺术展演。在展演中，《清明上河图》中所描绘的814个人物、29条大船、河水、柳树全都"活"了起来，人们可以在孙羊店的茶馆里体验民俗，在汴河的船上观赏两岸风光。

总之，我们耗费三年零四个月的时间，不断地利用新技术研发，终于建成了数字故宫社区，我相信这是一个迄今全世界博物馆中最强大的数字平台。几年来，它的功能不断地得以延伸，涵盖了工作、教育、文化、资讯、休闲、社交、学术交流、电子商务等各个方面，我们终于从"资源数据化"走向了"数据场景化"，从"场景网络化"走向了"网络智能化"，走向了"5G"时代。

我的老师吴良镛[①]教授是一位建筑师，他一直主张要以广

---

① 吴良镛：中国科学院和中国工程院两院院士，中国建筑学家、城乡规划学家和教育家，"人居环境科学的创建者"，从事建筑教育及城市规划、建筑设计的理论研究与实践工作。

义建筑学的理念来理解建筑学，要与我们的城市、园林、生态、艺术共同谋划。每次故宫博物院展示《千里江山图》，他都一定会来到现场，从我们展示最初的局部图，一直到实现全卷展示。今年他已经99岁了。就在一个星期前，他又来到故宫博物院观看我们的《千古风流人物——苏轼主题书画展》。

  对于吴良镛先生来说，我们所珍藏的这些书画作品，就是他心目中的中华传统文化的精华，必须很好地保护，永续地传承。他告诉我们，在城市的发展建设中，应当创造更好的人居环境，这是我们所要铭记的。

  谢谢大家！

河南牧业经济学院

2020年11月11日

04 | 史 航
别把你的世界让给套路

当你被标签簇拥环绕，你所有的出路都会是套路。曹冲称象的时候，用很多的石头代表这头象。我用什么代表我自己？这些标签是能用来称象的真正的石头吗？

史航

编剧、策划人,
电视剧代表作品《铁齿铜牙纪晓岚〈一〉》《射雕英雄传》。

感谢各位的到来,我是史航。

我刚才在旁边候场的时候听到老师在跟你们说,要争取"一遍过",我就挺紧张的,因为我怕我自己不能"一遍过"。然后呢,又听见老师说,你们虽然都在鼓掌,但是有的同学面无表情。我觉得面无表情是一个人的基本人权。我在大多数场合的大多数时刻就是面无表情,可能低头玩手机的时候稍微高兴一点儿。面无表情没关系,你要是现在就欢欣鼓舞地仰着脸看我,我压力很大。万一讲得不好,你那个表情就会深深嵌在我脑海里。如果你现在面无表情,好歹我还觉得我没有辜负你们。所以大家现在有没有表情不重要。

我说"别把你的世界让给套路",说这个话也是我嘴硬,其实人不能避免套路,就像我上来要跟大家打招呼、要自报家门一样。有时候我也很爱看综艺。综艺中不断有人说,"我是听你歌长大的""我是读你书长大的""我是看你的微博长大的"。当然看我微博长大也可以,毕竟我已经写了十年。这些话，它又肉麻又不太肉麻，不太肉麻是因为肉麻已经被磨损了，磨损成一个套路。

在那些表演类的综艺或者歌唱类的选秀中，很多人会说，"我鸡皮疙瘩起来了"。我在很多电影的首映礼现场，听到人们也很爱说"起了好多鸡皮疙瘩"。我挺喜欢吃鸡的，我觉得他们一说，就把我说饿了。

我经常拨开这些套路的话，去找我心目中的金句，就好像部落里的人来到都市，走散了。我要通过那句暗语、那声"呼哨"，来找到我那个部落里的同乡。

我最近找到的一个金句，来自综艺鬼才、人间精品大张伟老师。我很喜欢大老师。他说："我是那种为了仨瓜俩枣就载歌载舞的人。"我觉得这句话说得特别好，因为我就是这样的人。可能你们觉得这个事不值得高兴，但我真的很高兴；你们觉得特别值得高兴的，我倒没什么感觉，跟你们刚才一样面无表情。

有个成语叫"买椟还珠"，什么是"椟"什么是"珠"，是由我自己确定的。很多东西就是盒子好看，里面其实没什么意思。我经常收到一些门户网站送我的礼物，外面的盒子很漂亮，里面就是个简单的小玩偶，可能是网站的吉祥物吧，看了就想扔掉。盒子可以留下来装点儿我自己喜欢的东西。那我就是个"买椟还珠"的人。每个人都有"买椟还珠"的权利，就像每个人都有面无表情的权利一样。

当你被标签簇拥环绕，你所有的出路都会是套路

我刚才提到大张伟，但其实无法和他攀比。我也想载歌载舞，但他的歌和舞比我强很多。但是呢，有另外一个歌和舞肯定都不如我的人，就是我最喜欢的中国香港电影的主人公——小猪麦兜。这个电影叫《麦兜故事》，麦兜是一个猪头小朋友。你们会不会觉得我跟他有点像？我也是属猪的，也是猪样小朋友。

其实我的内心可能比麦兜还怂。你们看我的衣服上，印的是一个穿着全副盔甲，但其实很厌的（熊猫）宝宝，虽然是国宝。这就是我本人。

麦兜有一个故事，我非常喜欢。麦兜有很多同学，但是没有朋友。后来他终于有了一个朋友——他妈妈给他买的一块带香味儿的橡皮。他特别想保有这个朋友，那怎么办呢？就不能用啊。橡皮用了，慢慢蹭没了，不就没朋友了吗？怎么才能不用呢？别写错字。所以别人写作业可能花一个小时，他要花三个小时，他每次要想半天：不要写错字，不要写错字，不要用到我的朋友，不要用到我的朋友……所以，他拥有一个崭新

的、可以永远做朋友的橡皮，但他写作业的时间永远比别人多很多倍，额头上的汗珠也比别人多很多倍。

我喜欢这个故事，重要的不是一个人想拥有朋友，而是一个人有一个特别想保护、想留住的东西。

我在想我在这个世界上，成天有机会在别人面前说话，但我有没有那么一块"橡皮"，是我要付出很多努力来维护它、保留它、持有它。你们也可以问自己，你人生中的那块"橡皮"是什么？是一本书？一个前男友、前女友？一段回忆？一个电影？想一想。

我为什么这么说？是因为我太有机会说话，也太有机会被人传播我的照片，所以我的人生多多少少都会被"标签化"。比如有人认为我读的书非常多，我家到处都是书。还有些热心

我的书山猫海

想塑造我的人，又觉得家里有书很常见，除了书还有什么呢？"书中自有颜如玉"，他家也没有颜如玉，那就"书中自有猫如玉"，于是我家里就出现了一些猫。

这十年我养了不同的猫，有的猫走掉了，有的猫还在这里，每个猫都有名字，每个名字背后都有很奇怪的故事。

比如有一只猫叫"买尬"（谐音 My God），因为它整天都是一副"买尬"的惊讶表情；有一只猫叫"客服"，因为我老找不着它，就像你找客服往往找不着一样；还有一个叫"姜戈"——有一部电影叫《被解救的姜戈》，讲的是美国黑奴姜戈被一名赏金猎人解救的故事——我那个叫"姜戈"的猫后来果然跑了，从五楼直接穿越纱窗跳了出去，我最后只摸到它圆滚滚的屁股……

猫的名字就是它的宿命。那我的名字呢？我叫"鹦鹉史航"，我的宿命是什么？我其实内心是一团乱麻，这团乱麻我不知道能不能整理成几行文字。

排在前面的大概会是这句："当你被标签簇拥环绕，你所有的出路都会是套路。"曹冲称象的时候，用很多的石头代表这头象。我用什么代表我自己？我又不是著作等身的人，我又不是一个真正写出传世名作的编剧，我又不是一个了不起的主持人或者专栏作者。但我有很多其他的标签：有人说我过目不忘，知识渊博；有人说我天赐毒舌，会怼人；有人说我爱猫成

对白 ② | 076

图 1~3 呈现了我的各种公众形象之碎片，图 4~5 则记录了我这个号称"爱猫成性"的人，在情人节当天带猫绝育，随后遭其嫌弃的真实过程

| 1 | 2 | 3 |
| 4 | 5 |

性，简直是猫变的……

这些标签是能用来称象的真正的石头吗？其实它们只是一些纸糊的石头。这些标签，有时令我窃喜，但多了令我厌烦，到现在我又茫然，因为太多的厌烦堆在了一起。

我如果在网上搜自己的照片，能搜到很多不同的模样，它们是公众形象的各种拼图、碎片，但是其实，这些标签都挺让我讨厌的。

比如说"过目不忘"，我恰恰有很多书看完一遍根本记不住，贴了"优事贴"还是记不住，抄到微博上，过一两个月看还是记不住。我为此焦躁得要死，说我"过目不忘"，这是往我伤口上撒盐，人是不可能过目不忘的。

还有一个标签说我"爱猫成性"，我真的爱猫成性吗？情人节那天，我一手一只猫笼，拎着两只猫上街。带它们出去干吗呢？结扎。我们家的猫经历了这件事，再跟我相处的时候，表情又警惕又嫌弃，像是在说："你又来？"如果自己养的猫都嫌弃你，那真的是非常难过的一件事情，我的心里头又产生了对自己新的定位。

我还有一些捂脸挡鼻子的照片，被做成表情包，"我就是你可有可无的网友"。要么就是跟张艺兴这样的偶像一起演戏，等到这个剧播出的时候，我的脸上和脑门上会划过很多行弹幕，倾诉着网友对我对面那个人的爱，跟我没什么关系。倒是有个泥塑的兔子很像我，戴着眼镜，面无表情。标签化

的结果，就是变成一个随时可以摔碎的泥像。这就是我对自己的观照和整理。

在没有水的陆地，也要继续漫游

但是一个人不甘心哪。就算不能成为别人的偶像，能不能成为自己的偶像？自己对自己的暗恋，能不能带来对自己的解放呢？革命导师卡尔·马克思说过："任何一种解放都是把人的世界和人的关系还给人自身。"人的世界和人的关系不是那么容易获得解放的，但是像我这样一个"双鱼座"，会选择即使在没有水的陆地，也要继续漫游，给自己寻找一个野生的机会。

所以我离开自己人设的舒适区，离开传媒的舒适区，进入了另外一个舒适区——我开始打游戏。我一直喜欢打游戏，有些人不太理解，玩物丧志嘛，那你是不是就"丧志"了？

但我觉得所有的游戏都有它的意义。德国文学家席勒说过一句话："当人完整的时候，他游戏；当人游戏的时候，他完整。"

这句话非常管用，比如我最近玩一个战略版的游戏，可以建兵营，兵营还可以自己命名，所以我的兵营里，日系范儿的有"木村拓哉早点""天海祐希婚介""松坂庆子民宿"；南美范儿的有"马尔克斯桑拿""博尔赫斯洁具"……我炫耀我读过好多书，知道好多外国人的四个字的名字，于是这种炫耀激怒了很多在同一个游戏中的网友，这些营盘很快就被蹂躏、灭掉、铲为平地，然后被改成类似"富贵吉祥"的名字，让我喜欢的日本明星、南美作家等，都滚出这个游戏。

最后我发现，我不能再惹事儿了。再弄营盘的时候，我低调地起了一个跟我特别有关系的名字——吉林大学三舍。我是长春人，我爸是吉大的，小时候我们家住的就是吉林大学家属宿舍第三宿舍楼，一个有天井的圈儿楼，现在早被拆掉了，是一个叫我非常魂牵梦绕的地方。所以，我发现游戏不仅消磨时间，还有一个很重要的功能：人世间已经铲除的一切，可以在游戏里保留。

长春，我的家乡，对我来说意味着什么呢？它是一个不常回去的地方，每年只有春节才回去那么几天。因为只回去几天，所以我没见过长春的夏天、秋天，甚至也没见过春天，我只见到它的冬天。只有今年，因为疫情，我在一月回到长春，一直待到八九月份才离开，实实在在地见到了长春的冬天、春天、夏天，还有秋天。我把长春的四季看全了，这是非常难得的一件事情。

我家里有张黑白老照片。一个男孩坐在草地上，一个穿花裙子的小姑娘站在他旁边，后面还有一个笑得合不拢嘴的女士。那位女士是我妈，那个男孩是我哥，那个"小姑娘"就是我本人。我妈特别想要女儿，生了俩儿子，非常愤怒，决定把她的二儿子——也就是我，打扮成一个女孩。也不是天天打扮，只有节假日，到我们长春的南湖公园玩的时候，她就给我穿上小裙子，扎上小辫子。我也不以为耻，反以为荣，因为衣服挺好看的。我贪图这个衣服，就扮演女孩。后来我长大了，成年了，我妈妈还感慨过一句话："你从前当女孩的时候是女孩中的上品，你现在当男孩，怎么成了男孩中的下品？"我不敢反驳，但我心里想说："妈妈，就是你透支了我的美啊。"

我们家四口人，我爸、我妈、我哥和我，我妈跟我是我们家的"智慧担当"，而"颜值担当"就是我爸和我哥。我爸是一个研究哲学和心理学的人，天性比较腼腆，写字一撇写到头，一捺也写到头，从来不写连笔字，就这么严肃认真。我哥也是个美男子，美丽的照片太多了，在我微博里搜我哥的名字就能看见。我哥的名字挺响亮的，叫史今，"历史上的今天"的意思。我 1988 年考上中央戏剧学院，跟我同届的表演系女生都说，我哥的颜值碾压了她们"表 88"全班的男生，包括郭涛老师和其他一些老师。我哥哥的老婆——我嫂子，还有我的小侄女史晓僮，也都很好看。

在我 20 岁和 26 岁的时候，我的父母相继去世了。所以我后来做了什么事情，他们也不知道。我爸爸都不知道我会当编剧，我妈妈看过几个我写的剧本，但绝不知道我还会当演员、当主持人、当嘉宾、当辩手……

有时候我会想起我的父母。古人有一句诗，"死去元知万事空"，人死去之后才可能知道一切都是空的。我的父母现在知道万事空了，也许他们就更能理解我的各种选择。人生不必那么有意义，有计划，也不一定非要有一个高光时刻。

好在我哥哥、我嫂子和我侄女三个人都对我充满溺爱，允许我过一种野生的生活。我没有淘宝账户，所有需要网购的东西都是他们给我买的，从眼镜，到帽子，到衣服，到鞋，到手机壳。我只负责给自己买书。所以我也就可以拥有种种相对而言更"放肆"的人生选择。

大圣犹不遇，小儒安足悲

我初中时列过一份人生目标清单，多达50项，比如逐渐掌握3门外语（我至今连英文都不行），比如要学会驯服野马（我连普通马都不敢骑）。大量的愿望，其实没有实现，所以歌里才会唱："三十以后才明白，变化比计划还快；三十以后才明白，一切都不会太坏；三十以前，闯东南和西北异想天开；三十以后，把春夏和秋冬全关在门外；三十以前，学别人的模样谈恋爱；三十以后，看自己的老婆只好发呆……"还好我没老婆，发呆的机会少一点儿。

但是我在想，什么叫成就？我这一辈子，到底发生什么事才可以让自己满意？

我看网文会哭，看日剧会哭，一边哭，一边手忙脚乱打开手机，"啪"，拍一下自己哭的样子，证明自己是哭过的。或许有一天可以拿去骗某个姑娘，说我是为了她写的一句话而哭。我现在49岁，在我这个岁数，看到很热血很燃的网文段落，还会哭，我觉得这就是一个成就。

对我而言还有一种成就，就是所谓的"追星成功"。中国香港有两个人对我来说是永远不可能不感恩的，一个是金庸，一个是周星驰。金庸送过我书，周星驰也跟我有过合影，我有他的人偶，签了他的名字。星爷对我来说是一个特别有意义的角色。

另外一些"追星成功"的经历不需要解释那么多，都有照片为证。比如我和我的女神周迅的合影。我的"女神榜"顶端特别固定，大当家是周迅，二当家是舒淇，三当家变幻莫测，一会儿可能是袁泉，一会儿可能是章子怡、李小冉、俞飞鸿……经常换。和周迅合影的时候，我穿得特别宽大，尤其是裤子，这样就显得她特别纤细。这是作为一个粉丝的自觉。

我喜欢装扮成我喜欢的角色，比如飞天红猪侠，他来自宫崎骏的世界。我是个"三国迷"，所以我也会装扮成戴眼镜的诸葛亮。

如果不是角色扮演，

图1：装扮成我的"男神"飞天红猪侠
图2：戴眼镜的诸葛亮
图3：候场一整晚，台词就一句："戏不能停啊！"
图4：《神探亨特张》剧照

龙套生涯的巅峰时刻：在姜文导演的电影《邪不压正》中扮演裁缝铺的"潘公公"

而是在电影电视剧里跑龙套的话，我还当不上诸葛亮。我在电影《神探亨特张》里扮演过一个街头骗子，这部电影的演员全是素人，但是我们获得了中国台湾电影金马奖的"最佳影片奖""最佳摄影奖""最佳剪辑奖"。我在张艺兴主演的电视剧《老九门》里客串过一个爱国老艺人，候了一晚上的场，就一句台词："戏不能停啊！"砰——就被日本鬼子打死了。我龙套生涯的巅峰成就——都快不像龙套了，我是中方演员的"男四号"——是在姜文导演的电影《邪不压正》里，演一个裁缝铺里的老仆，跟彭于晏、许晴等都有对手戏，总之那要算我功成名就的一刻。裁缝铺里还挂着一幅我的画像,睥睨一切的表情,像贵族一样。

影视剧里的龙套生涯是我人生中的乐子之一。另一种乐子,是我在北京的鼓楼西剧场操办朗读会,每期两小时,每个月一期,目前大概办了三十多期,来过三百多位嘉宾,有编剧、导演、演员、歌手、主持人、诗人、作家、运动员、书法家、辩手、网红……很多有意思的人。如果搜索公众号"剧有趣",可以在"往期回顾"中找到鼓楼西剧场的历次朗读会,也可以看到这三百多位嘉宾朗诵的完整视频。我也想借此机

来"鼓楼西"玩耍的姚晨女士和蔡康永先生

会打个广告，三百多人读过的内容，代表着三百多本书，或许你也可以去读，去享用，而且你也可以看到这三百多位嘉宾突破自己的"人设"是什么样子。

人生的选择有很多种，我错过了许多，也在不断地"曹冲称象"的过程中，知道自己的遗憾所在。看过《士兵突击》的朋友会记得，里面有个班长叫史今，跟我哥同名。为什么呢？因为编剧兰晓龙是我的朋友，也是我哥的朋友。他就按照我哥的个性塑造了史今班长这样一个角色。兰晓龙比我小五届，我也是个编剧，可是我写的戏比兰晓龙差很多，没有《士兵突击》那么感动人，那么"不抛弃不放弃"。所以给我哥史今带来荣光的，是我们共同的朋友兰晓龙，而不是他的弟弟史航。在我的作品中，好像没有哪个角色如果叫了我哥的名字，会让他感到光荣。这就是我的遗憾之一。

我可能注定不能成为一个伟大的编剧，就像我不能成为一个伟大的厨子，但以前有个师妹说过："史航别的优点没有，起码懂得为好的东西高兴。"我做过很多节目，比如《鹦鹉话外音》《史航说书》，都是在推荐好东西，好作者和好作品太多了。我自己永远不出书，而他们能多出一本书，我永远写不出剧本，而他们的剧本能多写出十集，那都是我高兴的。

有一句唐诗说："大圣犹不遇，小儒安足悲。"[1]意思是，

---

[1] 出自唐代李白的《书怀赠南陵常赞府》。

如果这么伟大的作者的作品都不能被认可，都无法流传，我有什么可悲伤的？我老说"曹冲称象"，其实我可能只是一个纸糊的大象，而重要的是那些永远不会被称到的、在森林里栖息的真正的大象。我希望你们会喜欢双雪涛，喜欢兰晓龙，喜欢李娟，喜欢李樯，喜欢我微博中推荐的大量作者们。

唯有清醒，方可任性

我说"别把你的世界让给套路"，怎么才能不套路？要任性。但怎么才有权利任性，那就是清醒。请记住这句特别重要的话："唯有清醒，方可任性。"

什么叫清醒的任性呢？我有一张照片，头顶上戴了个鸡冠子似的高帽子。其实那不是帽子，是别人送我的一个来自乌克兰的茶炊罩，套在茶炊（烧开水的茶壶）外面，可以保温。估计我的脑袋形状和乌克兰茶炊差不多，刚好可以套上这个茶炊罩。对你

们来说是茶炊罩，对我来说是一顶光荣的礼帽。照片里，套着高耸的茶炊罩的我的脸，表情就是一派既清醒且任性。

未来我该做什么样的人生选择呢？不用管，我天天都在选择。路痴也能走路，只是他以为的左和右、南和北跟事实不太一样。我也可能某一天钻进一个学校去当老师，当年我当老师的时候，还挺成功的。我也可能就闷在家里读书。还有一种可能就是我好好地推荐书。比如我可以跟我非常喜欢的日本作家东野圭吾联名推荐松本清张的小说，也不失为一件有意思的事。

我收藏了日本导演大岛渚[①]的一幅书法作品，嵌在一种日本的"色纸"上。看其中的汉字能大概猜出内容："深海里生

[①] 大岛渚（Nagisa Oshima）：日本演员、编剧、导演，曾获戛纳电影节最佳导演奖。

存的鱼族啊，除了自己燃烧，何处更寻光明？"

今天台下的光线很暗，坐在这里的朋友，我看不太清楚。但是你们的眼睛都亮着，就像是深海里鱼的眼睛。我们都是深海里的鱼族，"除了自己燃烧，何处更寻光明？"你们在上学，每个学校都可能有很多悲剧、喜剧，每个学校都有很多知己或者对头。这都没关系。

美国作家马克·吐温说："我从来不让上学耽误我的学习。"记住这句话。不能因为自己上大学而耽误自己受教育，因为真正的教育是自我教育。你可能在该上课的时候偷看课外书，你可能在该写作业的时候偷看美剧，现阶段的后果你自己承担就是。但从整个人生的后果来看，就是你主动看的那本书，主动搜的那首歌，主动踮着脚尖去看的那幅画、那道晚霞，形成了未来的你自己。作为深海里的鱼族，这一切都是微小的光明。

我在《奇葩说》里分享过一个很短的故事。一位女记者问大科学家史蒂芬·霍金，这辈子有没有被什么事感动过。霍金回答："遥远的相似性。"他说的相似性，不是路人甲和路人乙撞衫、撞脸的那种相似，而是一个星云和另外一个星云、一座山脉和另外一座山脉、一条海沟和另外一条海沟之间的相似性。他站在一个很高的地方，看到了它们彼此的相似。

有时候你觉得自己孤苦无助，就像电影《这个杀手不太冷》中的小女孩玛蒂达问杀手里昂："人生总是这么痛苦吗？

还是只有小时候这样？"里昂回答："一直如此。"他说的是实话，让人绝望。但绝望之后紧跟着的就是触底反弹。再看到任何好消息，你都会感到欢欣鼓舞。要相信在世界上的某个地方，总有一个跟你性情相似的人。

最后我要拿一首小诗跟大家分享。诗人的名字叫马非，诗的名字叫《暴雨将至》：

> 乌云正从北边压过来，
> 我们单位的保洁员，
> 手持水管，加紧工作。
> 她要赶在大雨瓢泼之前，
> 把院子里还没有浇到的，
> 最后那块草坪浇完。

不管时代有什么样的风云变幻，我手里拿着水管，正要浇这片草坪，天王老子也拦不住我把这件事做完。所以我今天来到武汉传媒学院，有幸在这里与诸位相见，我想我已经浇完了我要浇的这块草坪。

谢谢！

武汉传媒学院
2020 年 11 月 2 日

05 | 康　辉
不 把 平 凡 活 成 平 庸

　　不要害怕试错，你可以大胆走出自己那个驾轻就熟的"舒适区"，而且越年轻，越没包袱，越应该有这种勇气。即使已经拥有很多，都可以归零重新开始，何况未曾拥有太多的时候呢？

康辉

新闻播音员,主持人,
中央电视台新闻中心新闻播音部主任。
代表作品《新闻联播》《新闻30分》《新闻直播间》。

各位同学好！

其实我不想把今天这样一个交流看作一次演讲，尤其是所谓"励志演讲"。我更希望这是一次坦诚的交流，轻松的聊天。

前几天，一代球王马拉多纳去世，引发了一波回忆潮。每一代人、每一个人心中，都曾有过一座高峰，会有一个"非凡之人"站在峰巅，让我们体验到生命中很多很多的精彩。我们必须承认，在这个世界上，99.999%的人都是平凡人，如同你我；只有0.001%的人是"非凡之人"，仿佛真是带着上天的使命而来的。

这些"非凡之人"会让我们这些平凡人一次又一次地意识到自己是多么平凡，但他们也让我们明白，我们可以在平凡中寻求非凡。也许我们永远达不到他们的高度，但是我们至少可以努力，不把平凡活成平庸——这就是今天我想和大家交流的主题。

"平凡"和"平庸"，在字典里查这两个词，会发现它们是近义词，都是"平平常常、无甚特别"之意。而在我内心当中，这两个词是有所区别的：平凡的人生至少可以活成自己接受的样子，可是平庸的人生一不留神就会活成自己讨厌的样子。

别把平凡活成平庸

就我个人而言，我可以接受什么样的平凡人生，又讨厌什么样的平庸人生呢？

第一，我接受自己有时不得不做出的妥协，但是我讨厌自己总是给自己找理由妥协。这几年，在年轻的朋友当中有一股流行潮，所谓"丧文化"——反正我就是个平凡人，怎么努力也达不到期望的目标，索性就不努力了吧；努力了不一定成功，但不努力一定很轻松。

然而在我看来，接受自己是个平凡人，不等于放弃自己该付出的努力。你可以对自己做出一些妥协，但不等于就此向自己投降。如果你都没有做过、没有试过，其实没有资格放弃。如果你根本没有冲锋过、拼杀过，你也没有资格投降。

当然，我也理解这些喜欢"丧文化"的年轻朋友，当下这样一个竞争的环境，可能给每个人都带来很大的压力。有些妥协确实是不得不做的,但是我不喜欢让它成为一种惯性,动不动就给自己找理由。如果真的要找,每一件没做好的小事都可以找到理由。迟到了,因为路上堵车;起晚了,因为昨天夜里室友打呼噜太响;挂科了,因为老师太苛刻;失恋了,因为对方没眼光,看不出我是"潜力股",等等等等。如果我们习惯了每次都给自己找理由,它真的会成为一个惯性的滑梯。

顺着这个滑梯滑下去,慢慢地,你就失去了目标,连小小的目标都不再有了。而没有目标的人,慢慢地,也就不再相信自己,不相信可以通过点滴努力、点滴尝试,去获取点滴回报、点滴光彩。这个惯性的滑梯,就是通往平庸的捷径。

第二,我接受自己在成长过程中,慢慢地不再天真了,但是我讨厌自己在成长过程中,变得越来越世故。这几年流行一个夸人的词——"少年感"。什么是"少年感"呢?并不在于你穿没穿白衬衫,留没留空气刘海,露没露脚踝。我认为看一个人有没有"少年感",要看他的眼睛,是否始终保持一份清澈的光芒。

在这个世界上,随着年龄的增长,你会历经沧桑,看尽世间百态。但是如果经历了这些之后,你仍然能够在心中有一份相信,眼睛里永葆那一份清澈,这是真正的成熟。世故和成熟的区别其实就在于此。世故的人,眼睛会越来越浑浊,因为他做一切事情的出发点都是趋利避害,也就慢慢地丧失了对美好事物的感知力,慢慢地不再有同理心。他不会关注别人,只是在计算利益,把自己封闭在狭隘的个人世界里。

我希望自己真的可以"出走半生,归来仍是少年",希望自己永远相信,而不是消解世间那份美好和纯真。当你看到周围很多人选择了趋利避害,也请你相信总会有人选择舍生取义;当你看到周围很多人选择了蝇营狗苟,也请你相信总会有人选择大公无私。怀着这样一份相信,你会有更多的同理心去关照身边的人,把生命的温度和光芒带给身边的人。

法国作家杜拉斯[1]有句形容恋人的话,可能大家都很熟悉,"与你年轻时的面貌相比,我更爱你现在备受摧残的容颜。"[2]其实我想,不止是恋人之间,人和人之间都是如此。为什么更爱"备受摧残的容颜"?不是它比年轻时更美,而是因为你从那样一张容颜当中,看到了同样走过岁月的自己。

如果我们永葆一份同理心,永葆眼里的一份清澈,那我们就会慢慢走向成熟,而不是世故。

第三,我接受自己不具备创造美的才能,但是我讨厌自己不能欣赏美,不能感知美。美学家朱光潜先生在《谈美》一书中写道:"人所以异于其他动物的,就是于饮食男女之外还

---

[1] 玛格丽特·杜拉斯(Marguerite Duras),原名玛格丽特·陶拉迪欧,法国作家、电影导演。代表作有《情人》《广岛之恋》等。
[2] 出自杜拉斯的代表作《情人》。

有更高尚的企求，美就是其中之一。"美是有治愈力的，它可以治愈我们心中的伤口，可以为平凡的生命镀上一层光芒。

大多数人都讨厌"杠精"，对不对？在我看来，"杠精"的讨厌之处就在于他会把一切庸俗化。当你被生活中一些细微的美好之处触动，他会跳出来问你："这有什么用？""美"的确没什么具体的用处，也无益于日常消费。但是，如果越来越多的人拥有"实用至上"的杠精思维，渐渐失去感知美的能力，生命还有可能是光彩的吗？反之，当你能够感受到美，能将美的感知扩散至整个生命，再平凡的人都会在某个瞬间迸发出光彩。

前段时间，我在一期《主播说联播》节目中，说过一对爱跳舞的农村夫妻。他们的舞姿说不上多标准，多优美，甚至乍一看还有点儿滑稽可笑。可是你一直看下去，就会被那种纯粹的快乐、纯粹的生活热情所感染。

他们最初开始跳舞，是因为丈夫生病，身体机能受到了一些损伤。妻子为了帮他恢复活力，想到了跳舞这种方式。他们在田埂上跳，在场院里跳，在家里家外任何一个能跳舞的地方跳。慢慢地，不仅丈夫的身体有所恢复，更重要的是，他们在身体的律动中感受到了内心的快乐，感受到了生活的幸福。

感谢这个社交媒体发达的时代，让一对普通农民的舞蹈被更多的人看到，而更多的人也由此领悟，如此平凡的生命，就是因为这一点点美，而变得如此不同。所以我想，我们一定要永葆对生活、生命之美的感知能力，这会让我们平凡的人生变得不同。

反观：真正地认识自己

不把平凡活成平庸，在我看来最重要的就是以上这三点。此外，健康美好的人生，还需要不断地学习和成长。关于成长，我也有一些体会和大家分享。

第一，我们要真正认识自己，真正接受自己。这是人生的必修课，必须要拿到学分，否则你会被卡在某个阶段，永远无法毕业。那么，何谓"对自己真正的认识和接受"？有一个具体做法，就是面对别人的评价时，多多"反观"：当别人都说你"不行"、说你"做不到"的时候，你要反观自己的长处在哪里；当别人都说你"优秀"、说你"无所不能"的时候，你要反观自己还有哪些短处和不足。通过不断地反观和内省，你才能真正认识自己到底是什么样子。

今天，可能很多人说起康辉，都会认为我是个"一路坦途的成功人士"。这只是他人对我的看法。事实上，我自己真正觉得自己被观众认识和记住，真正觉得自己的工作被更多的人所认可，是在 2008 年，也就是我参加工作 15 年之后。在那之前的 15 年，我也在认真努力地工作，但就是时机未到，一直没有被观众完全地认可。

我经历过参加一个重大晚会，做了所有的彩排、所有的准备，即将迎来职业生涯中一个非常重要的"高光时刻"，却在最后一刻被换下去。

我也经历过，在一些社交场合听到初次见面的朋友礼貌地说："您好，经常看您的节目。"稍后，彼此都放松和熟悉了，对方才问，"哎，您是主持什么节目来着？"

我还经历过，所有同事都去参加台里的一场重大直播，我一个人在办公室里孤独地值班留守。

我经历的更大的考验是，2006 年 6 月 5 日，我第一次在《新闻联播》中出现。《新闻联播》是我们这个行业公认的很高的平台，能够坐上这个主播台，意味着你的业务能力获得了极大地肯定。可是，我只出现了那一天。之后，好像机会就在眼前，而我就是触不到。直到 18 个月之后，我才又一次真正坐在《新闻联播》的主播台上，而且没再长时间地离开。在这 18 个月里，我的信念也曾动摇，甚至"怀疑人生"。为什么只经历了那么一次短暂的"认可"就被"打回原形"呢？以后还会不会有属于我的机会？

然而，一切空想、沮丧、疑虑都是没有用的。更重要的是，如果机会再次来临，你有没有能力真正抓住它。

所以，在那18个月里，我转而认认真真去做其他事，那些此时此刻能做的事。我做早晨的节目，做每周的周刊，我去出差，我去采访。回想起来，在到达某个阶段性目标之前，一切都是内心的收获，都是经验的积累。哪怕就此与《新闻联播》的机会永远错过，至少我努力过；而如果有一天这个机会再次来临，我相信我可以抓住它。

这就是我刚才说到的第一个"反观"：当世界没有给予你完全的认可时，你要充分反观自己的长处。

到了2007年，我真正成了《新闻联播》的主播之一，周围又会涌来一大片正面的反馈，好像我已经站上了行业的最高平台，到达了人生巅峰。在这样的时刻，我反而心怀忐忑，如履薄冰。我怕自己的能力不足以支持自己长久地站在这里，我怕自己辜负了这个平台。

我要做的是第二个"反观"，反观自己的短处。比如，我的心理还不够稳定，一旦有意外状况发生，恐怕不能从容面对；而且我的经验还不够丰富，没有经历过最高平台上必然会出现的最大的风浪考验。一个急稿来了，我能否准确无误地播出？一个突发事件需要报道，可能会是前所未有的表现形式，我能否自如应对？如果没有这些反思和持之以恒的进取之心，早早就开始飘飘然，把平台的高度当成自己的高度，把平台的光环当成自己的光环，我可能早就从"人生巅峰"摔下去了。

试错：照出不一样的自己

成长过程中的第二个很重要的点，是勇于试错。一次又一次的努力尝试，就像一面又一面镜子，让我们从多个角度照出不一样的自己。

2000年，《东方时空》这个非常老牌的节目做了一次大胆的改版，把原本录播的节目全部改成直播，而且是在晨间，从6点到9点，整整三个小时。

当时的我在做什么呢？我在主持央视一套晚间10点档的《晚间新闻》。这是一档被认为"仅次于《新闻联播》"的重要栏目，甚至有"小联播"之称。该栏目的主持人在很多人眼里，是《新闻联播》的主持人后备军。而且，我的工作很稳定，只要坚持下去，未来可期。

但就在那年，我做出一个决定：暂时离开《晚间新闻》，投奔新改版的《东方时空》。身边的同事和家人都不理解，也不赞同。为什么呢？且不说一个老牌知名栏目要尝试创新，本身就是有很大风险的，可能成，也可能败。更何况，播出时间是早6点到9点，谁会在那个时间段连看三个小时电视呢？但是主持人却需要在凌晨3点就到达办公室，开始做直播准备。

付出这份辛苦，有必要吗？

然而那时的我并没有计算这些得失，我满心想的是，在新闻播音员的岗位上已经做了七八年，我觉得自己需要一些突破，一些新的尝试。那时人们对播音员有一个刻板印象，认为播音员只会念现成的稿子，不会自己说话。改版后的《东方时空》恰恰给了我这样的播音员很大的空间，可以根据自己的理解和表达去传递信息。我们当时甚至设置了一个很大胆的环节，尽管最后没有在屏幕上呈现出来：五个人围坐在一张桌子旁，一边吃早餐一边聊当天的早间资讯。那种节目形式不可能有现成的文稿，你必须知道自己要说什么，该怎么说，如何与搭档交流沟通。那是很吸引人的，也是颇具挑战性的。

当然，我也说过，既是全新的尝试，成败皆有可能，如果不行怎么办？我自己给自己的答案是：如果不行，大不了再回到原来的岗位上，继续播《晚间新闻》；万一行呢？我可能会在一个新的轨道上，走得快一点，靠前一点。

实际结果如何呢？如果以一般的标准来评判，那次改版被认为是《东方时空》历次改版中较为失败的一次。可能在那个时代，人们确实很难接受连续三小时晨间直播、不断滚动资讯的节目形态，所以这档节目持续了一年左右，就结束了。大家各自转岗，我也回到了原来的轨道上。但我并不觉得这一年对我个人来说是一种失败或浪费。因为我的初心就是做些新的尝试，看看自己能不能学会"自己说话"。

在那之后不久，2001年10月，中国第一次主办亚太经合组织领导人会议（APEC），我们做直播。第一场直播下来，一位编导对我说："我发现你会自己说话了。"

我认为这就是我在《东方时空》历练一年的收获。不要害怕试错，你可以大胆走出自己那个驾轻就熟的"舒适区"，而且越年轻，越没包袱，越应该有这种勇气。即使已经拥有很多，都可以归零重新开始，何况未曾拥有太多的时候呢？

直到现在，只要有机会，有可能，我仍在不断尝试新的表达形式。很多年轻朋友是这两年才认识我的，不是通过《新闻联播》，而是通过Vlog，通过一些综艺节目，甚至是通过抖音。在做这些尝试之前，也会有人提醒我："有必要吗？"毕竟《新闻联播》里的我，已经建立起一个固定的形象，尝试其他形式，如果观众感到"违和"怎么办？万一没弄好，岂不是"伤腕儿"了？

确实，当你在观众心目中已有一个相对固定的"人设"，要打破它的时候，难免有所顾虑。不过我也有自我说服的充分理由。首先，很多尝试也是工作任务，对于我这样一个还算敬业的人，每项工作任务我都会认真对待，努力达到要求。其次，每接到一项不同的任务，其实我都会有一点小兴奋，觉得好玩儿，凡是没有试过的，都可以尝试一下。甚至在《你好，生活》这档综艺节目里，被要求跳舞，我也没有回避。哪怕舞姿很尬，哪怕动作很不协调，哪怕有人说，"一个新闻节目主持人在那儿乱蹦乱跳很不严肃"，都不会阻挡我对新鲜事物的向往。

任何新鲜的体验都会让你有所收获，它们不一定是通常意义上的"成功"，但一定可以让你更加清晰地认识自己。你会知道哪些事情是自己能做的，哪些事情是自己做不到的，哪些事情是自己能做到但可以选择不做的。唯有认清自己，才能真正地成长。

担当：实现真正的成长

成长过程中的第三个关键词，是"责任"。你必须越来越意识到自己是要负责任的，也越来越清楚自己所担负的责任是什么。所谓负责，用最简单的一句话来解释，就是"把自己正在做的事情做好"。这不仅是对自己负责，也是对他人负责。

我之所以对这一点体会很深，是因为我的工作从来不是单打独斗就可以完成的。作为主持人，哪怕再有能力，再有魅力，也不过是团队中的一员，链条中的一环。我必须让自己这一环做到准确无误，甚至完美，才不会影响整个链条的正常运转，不会抹杀整个团队的付出。

《新闻联播》有一套"金标准"，对每个岗位、每个环节的操作执行都有明确且严苛的要求。其实这些细致入微的要求，都是从实际工作中一次又一次失误和教训中总结出来的。

比如其中有一项，主持人在节目播出过程中不得随意聊天，不得做出不符合播出标准的动作，即便正在播放新闻片，即便主持人并没有出现在屏幕前。为什么？因为我们吃过亏。

大家可能在一些短视频中看到过"康辉挖鼻孔"这个画面。那天，《新闻联播》正在走片头，还没到主持人出镜的时候，一个飞絮正好飘到我的鼻翼旁。如果不做处理，可能会让我打喷嚏。可是恰恰就在我处理这个飞絮的时候，一个技术失误，导致镜头突然切到演播室，造成了一个误会。

尽管这个事件并没有太大影响，只是被大家当成一种"娱乐"，但足以可见这项要求的合理性和重要性：只要是在节目过程中，主持人不能做任何不符合播出标准的动作。

节目播出过程中，主持人不能随意聊天，也是同样的道理。有时，音频也会出现意想不到的技术失误，将声音切到演播室。在一档如此重要的节目当中，如果两名主持人在不出镜之际闲聊，声音被误传出去，对节目的严肃性和公信力都将产生极大的损害，后果甚至无法估量。

所以，我们必须以非常严苛的标准来界定工作当中的每一个步骤。与此同时，每一个岗位上的工作人员也必须意识到，要认认真真执行"金标准"，对整个团队和链条负责任。

这样做的结果，既是对节目品质的维护，也是对其他岗位上的同事的保护，至少不会出现"挖鼻孔"这样的噱头。当这种责任意识深深地刻印在头脑中，面对任何突发情况，你都会有一种动力将它妥善处理。

前段时间我上了"热搜"，而且一度冲上第一名，是因为我在《新闻联播》中的一段22分钟38秒的口播，深度报道"十四五规划"和"2035远景目标"，没有出现失误，一镜到底。很多人对我说，很羡慕我拥有这么一次重要的"机遇"，让更多的人看到了我的业务能力。我却想说，这样的"机遇"背后，其实克服了重重惊险，过程真的很吓人。在它到来之前，你无法预知。而当它出现在你面前，你只有冲上去把它接住，将它完美地实现，事后才可以称之为"机遇"，否则只是一场重大的挫败。

回想那段22分钟38秒的口播，我觉得自己之所以能够完成，不仅仅在于具备专业能力、稳定的心理，还有很重要的一点，就是我认为自己负有责任。一段如此重要、长达6000字的内容，必须通过《新闻联播》这样一个栏目发布，别无选择。而我在开播前8分钟才拿到完整的稿子，除了靠自己的业务能力，将这条重要新闻准确无误地发布出去，也别无选择。

如果没有长期以来刻印在头脑中的责任意识，面对这样一种压力极大的局面,可能会找各种各样的理由,允许自己犯错误。可在当时,我唯一的想法,就是必须负起我在这个岗位应负的责任。

在播出过程中,我做了一件事,过去没有哪位《新闻联播》的主播在屏幕上做过——调整我的耳机,因为它在逐渐脱离我的耳朵眼,像天线宝宝的天线一样竖了起来。现在说起来,只是一秒的动作,但在那个瞬间,头脑中如电光火石一般,闪过强烈的思想斗争。

如果调整,在某种意义上真的开了先河。在《新闻联播》的播出过程中,主播除了面部表情之外,不允许有任何多余动作。我这个"多余动作"是否会对观众产生干扰?而且,在当晚9点的重播中,这个"多余动作"仍会存在,因为长时间的口播,无法通过后期补录加剪辑的方法调整画面。

可是如果不动耳机,它真的会给我造成干扰,进一步的后果就是影响我把内容安全准确地播出。孰轻孰重?安全准确地播出才是根本目的。为了确保更重要的目标完成,我决定调整耳机。

事后解释起来,种种考虑要说上一两分钟,但在当时,就是一两秒的事。之所以迅速决定调整耳机,也是在那一瞬间,想到了那份最根本的责任,由此有了做决定的担当。在整个过程中,在每一个别人看来"不太可能完成"的环节上,责任意识都是我非常重要的动力。

当你一次又一次意识到自己的责任,当你一次又一次承担起这个责任,你就真正地成长了,也一定会在生命的某些重要时刻焕发出光彩。

包容:站在前人的肩膀

在成长过程中,第四件重要的事是:我们一定要慢慢扩大自己的心胸,让自己更包容。前面说了,我希望自己永葆感知美的能力,而一颗包容的心,正是感知美的前提。如果你固守着单一的标准,固守着已知的领域,而拒绝接受不同的事物,那些在你认知范围之外的美,你就无缘感知了。这无疑是生命中的一大损失。

有一个哲学术语叫"平庸之恶",指的是个人放弃了价值判断的权利,而选择盲从。如果接收到的指令是恶,这些无思想、无责任的普通人,也就加入了恶的行列。我认为还有一种"平庸之恶",就是狭隘和不包容。如果这种人越来越多,对一切不了解的事物都采取排斥和拒绝的态度,这种积聚起来的"平庸之恶"危害也相当之大。

还有最后两点关于成长的体会,特别想和年轻朋友们分享。

其一,请不要忽视前人的经验。虽然"后浪"一定会把"前浪"拍死在沙滩上,但是前浪的价值就在于,它会给后浪带来很多提醒和启示,不管是成功的经验还是失败的教训。站在巨人的肩膀上,你的视角会不一样。

我在职业生涯中,从前辈身上学到很多,有些是有形的,有些是无形的,令我受益无穷。

比如罗京老师,作为新闻播音主持行业中的翘楚,对我有过非常重要的提点。我永远不会忘记,在我不同的职业阶段,他说过的三句话。

第一阶段是我刚刚进入这个行业,他对我说:"从此你要学会自主学习。"意思是,工作不像在学校,有老师监督你,给你布置任务,设定学习目标。今后只能自己给自己定标准、提要求了。如果你学会了自主学习,在这个行业中,你会见识到完全不同的天地。

第二阶段是我开始做一些新闻事件直播类的节目了。他对我说:"你要坚持下去,未来这是电视媒体的趋势。"事实果然如他所料,特别是2003年新闻频道成立之后,对于一些新闻事件随时随地进行直播,成了传播的常态。如果我在之前没有做过充分的准备,当时代的大潮涌来,别说弄潮了,我可能会被潮头一下拍死。

第三阶段是我加入了《新闻联播》团队,他对我说:"你现在不要再考虑技术层面的事,而要更多地考虑,在这个平台上怎么找到'中国媒体的中国气派'。"也就是说,一旦上了某个台阶,"术"固然重要,但"道"更重要。

另一位前辈是沈力老师。在她身上,我学到的就是三个字——"平常心"。她是新中国第一位电视播音员,真可谓令人高山仰止,太有资格去享受好的待遇和关照。但是,人群中的沈力老师就是一位普普通通的老太太,唯有站上舞台的时候,面对镜头开口说话的时候,她才会瞬间迸发出夺目的光彩。

有件事我印象极深。那次我和沈力老师一起参加一场大型行业活动,结束后,坐同一辆车返回。快到她家的时候,她执意让司机停在路边,不要专门为了送她而掉头,她自己走过马路就好。因为她不愿耽误大家的时间。我们看着她下车,看着她矮小的身影渐渐融入人群,那一刻我想,只有把自己当平凡的人,才能在非凡时刻绽放出非凡的光彩。

还有赵忠祥老师,他对我最大的影响是,永远对事业保持一种热情,一种热爱。赵老师退休后,还参加过很多节目,甚至参加过一些综艺节目。那时也涌现出不少反对的声音,可是我在赵老师身上看到的就是这样一种勇气。勇于尝试新鲜事物,对职业、对生命都永远怀着热情。

方明老师,或许他的名字不为大众所知,但他同样是我们这个行业中的泰斗级人物——中央人民广播电台的老播音员。

他播报过毛主席逝世的追悼会，播报过改革开放后的第一次国庆阅兵，很多很多重要的时刻。我从方明老师身上学到的，是把自己正在做的事认认真真做到极致。

现在总有人说康辉是一部"行走的新华字典"，我特别汗颜，经常对人解释，我手机里确实有一个《新华字典》的APP，而我本人真的做不到。但是方明老师绝对堪称"活字典"。我们有任何语音上的问题，打电话问他，都会得到非常准确、详尽且全面的答案。他不止查阅《新华字典》，还会查阅《现代汉语词典》乃至《康熙字典》。只要是与工作相关的工具书，他都会认真去钻研。我们这些年常说的"工匠精神"，在方明老师身上，体现到了极致。

瞿弦和老师，我们国家非常有名的表演艺术家和朗诵艺术家，今年应该接近80岁高龄了。瞿老师让我最为敬佩的是，尽管年事已高，每一次在舞台上表演诗朗诵，从来不会手捧一个夹子，照着文稿朗读。他会把诗背下来，再化成自己的语言表达出来。哪怕这是一篇新作品，没有那么多时间让他熟悉，他也会尽力在最短的时间里，把它化为自己表达的素材。

瞿老师讲过一句话："每一篇作品都是作者用心血创作出来的，我作为二次传播的人，要把作品化在我的心里再表达出来，这是对作者的一份尊重。"

也有极少的时候，他可能在临上台前才拿到要朗诵的作品，不得不拿着夹子上台。但是你会发现，他很少低头看稿，他依然是在最短的时间内，让自己达到在舞台上所能达到的最高标准。

所有这些前辈，都在用自己的付出和行动，教给我们这些晚辈后生，只要努力，每个人都能做到。

诗意：点燃平凡的火种

最后想和大家分享的一点，是我们要永葆一点诗意。

前段时间，我读了叶嘉莹先生的《爱上古诗词的九堂课》，其中一段引用孟子的话，"人之所以异于禽兽者，几希"，如果只有饮食男女的欲望，人与动物有何区别呢？而诗意，就是那一点超越了世俗欲望的精神追求，它将成为点燃平凡人生的火种。

有一首苏轼的词，我非常喜欢，叫作《定风波》，创作于宋神宗元丰五年，也就是他因"乌台诗案"被贬黄州的第三年。在那个时代，以读书人的标准来衡量，苏轼的人生并不顺遂，大半生都在被贬谪，被放逐。他经历着常人难以承受的风雨和变故，又能够以一颗达观开阔之心，看待一切波折。或许正是这份"失意"人生当中洋溢的"诗意",让他以文豪之名永垂青史,也让今天的我们将他看作非凡之人。

这首词大家应该非常熟悉,前面先写了填词的背景:"三月七日,沙湖道中遇雨。雨具先去,同行皆狼狈,余独不觉,已而遂晴,故作此词。"意思是,三月七日,在沙湖道上赶上了下雨,大家没有雨具,同行的人都很狼狈,只有我不觉得。过了一会儿天晴了,就创作了这首词:

莫听穿林打叶声,何妨吟啸且徐行。竹杖芒鞋轻胜马,谁怕?一蓑烟雨任平生。

料峭春风吹酒醒,微冷,山头斜照却相迎。回首向来萧瑟处,归去,也无风雨也无晴。

我们这些平凡人可能没有苏轼的才情,但是我们可以有苏轼的人生态度。平凡人也可以让自己的人生迸发光彩,平凡人也可以努力让自己的人生不平庸。这里有个非常非常重要的前提,就是"努力"。

每一个人的人生都是不同的,没有谁可以复制别人的模板,所以今天我在这里交流的只是"我"这个平凡的人,在过往人生中的一些体会。未来,在座的各位年轻朋友,还有更精彩的人生在等待着你们。从现在开始,我真切地希望你们把"努力"二字放在自己的心间,不断地付诸行动。哪怕努力不能换来"十分"精彩,但是也许,能拥有"一分"精彩,甚至"半分"精彩,也会让你平凡的人生与众不同。

努力吧,所有年轻的朋友。谢谢!

重庆邮电大学
2020 年 11 月 30 日

06 | 郎永淳
自 我 迭 代 进 行 时

> 即便我们走出舒适区,告别了曾经的辉煌,接下来可能还会面对更多的寂寞,但是我们仍然怀有向上向善的心,我们仍在身体、心灵、头脑的层面不断自我迭代、不断升级。无论从哪里出发,只要能到达最后的终点,微笑着去撞线,就是对人生最好的告慰。

郎永享

原中央电视台新闻播音员、主持人,
代表作品《新闻联播》《新闻30分》《新闻直播间》。

大家好！

我离开《新闻联播》已经五年了。五年的时间不短，有些记忆都已经模糊了。但是我想还是要说一声感谢，感谢曾经的二十年过往，那是我最美好的青春年华，我也赶上了电视大发展的黄金年代。

2015年9月2日是我的最后一期节目。在那之前，我和夫人向我的父母做了一次汇报，告诉他们，我已经向组织上提出申请，离开中央电视台。两位老人的反应出乎我的意料。他们非常平静地说："既然你做出了决定，一定有你的理由，我们支持你的决定。并且你要知道，外人都羡慕我们，有你这样的儿子。但是作为家长，每一天看电视，都在为你提心吊胆，特别害怕你犯错。现在，我们这颗悬着的心终于可以放下了。"

可能每一个播音员以及他们的家人，在心底里都有这样一个最朴实、最真实的想法——害怕犯错。《新闻联播》对播音员的要求是最为严苛的,要讲求客观,讲求准确,而且客观和准确的程度要达到极致。

我曾向罗京老师请教过一个疑惑。过去我主持《新闻30分》,在开场时都会说:"观众朋友中午好,欢迎您收看今天的《新闻30分》节目。"可是罗京老师在播《新闻联播》的时候,每次开场都说"各位观众晚上好"。为什么不是"观众朋友"呢?

罗京老师告诉我:"收看节目的人,我们无法判断他是不是我们的'朋友',所以用'各位观众'来形容这个群体是最为客观的。"

这就是客观到极致的表达,不带有任何感情色彩。这就是《新闻联播》的价值追求,几代新闻人一直在坚持。

我是一个"逃兵",离开了那个平台。离开的原因与家庭有关,也跟个人有关。家庭发生了变化,夫人的一场疾病,让我们重新去思考自己所面对的生活。个人原因,主要是自己越来越多地被夫人和孩子提醒,他们批评我"不接地气""嘴尖皮厚腹中空"。当然这里有一些家人之间的揶揄成分,但是我也在反思。

在央视工作的二十年,我从一个对新闻懵懂无知的孩子,渐渐走上主播台,再到《新闻联播》,不知不觉地,变得自以为是起来。自以为了解权威信息,自以为可以高屋建瓴,夸夸其谈,越来越少地进入社会生活,体味人间百态,确实有些不接地气。

而家人的提醒和生活的变故，让我重新思考，该怎样对自己有一个准确的认知。

我跟在座各位同学一样，也曾年轻过。1989年，考入了南京中医学院，学针灸专业。当时怀揣着一个梦想，希望能够回到家乡，治病救人。

1994年，即将毕业的时候，面临着就业的压力，针灸专业的学生不太好分配。尽管曾经的梦想是回到家乡，但那个梦想已经不太现实、不复存在了。我们都希望留在省城，我还想去看看外面的世界。

1994年3月，我在实习过程中，每天晚上坚持去图书馆读书读报。其中一份电视报上刊登的一小块招生简章——北京广播学院招收新闻专业节目主持人方向的第二学位学生——让我看到了新的机会。

我在大学里担任过校学生会主席，组织过很多社会活动，也在江苏人民广播电台的文艺台做过兼职主持人，得到了一些肯定。几乎就在看到招生简章的那一刻，我就下定决心，要去北京继续上学。

1994年考入北京广播学院，到1995年成为中央电视台的实习生，真的就像做梦一样。二十年，我并不完美，但我希望自己能够不断修正自己，逼迫自己进行迭代。我所认为的"迭代"就是接纳并不完美的自己,并且主动地去修正各种 Bug,去进行自我升级。

新闻的力量源于新闻人的敬畏之心

决定报考北京广播学院的时候,家里不算很支持。我父亲说,家里供养两个大学生——我和我弟弟——压力已经很大。我明明已经毕业了,可以挣钱帮补一下家庭了,为什么还要去读书?我妈妈的观点是,既然我已经做出了这样的选择,就由我去吧,她只提一个建议:不要后悔。

我不仅没有后悔,而且特别感恩这样一次自我迭代、自我挑战的机会。先进入北京广播学院,才让我有机会在 1995 年进入中央电视台,参与创办《新闻 30 分》这个节目。所谓"少年心事当拿云"[1],当年的我像一张白纸,怀着满腔梦想和热情来到央视,在那个大的平台上,获取了无限的能量和成长的空间。

每天早上 8:00 开始参与编辑节目,中午 12:00 参与直播,12:30 直播结束,我们一边吃工作餐,一边开编后会,讨论今天的节目。14:00 又会接到任务,到街头去进行采访。

---

[1] 出自唐代诗人李贺的《致酒行》,意思是"年轻人应当胸怀凌云壮志"。

1995年,我第一次做采访,是参与追踪报道"面的拒载"。"面的"是20世纪90年代的一种出租车,遍地都是,10块钱10公里,非常便宜便捷,但是经常会因为种种原因不停车、不拉客,甚至甩客。当时,做这个新闻的由头就是有一位老年人被"面的"拒载甩客,造成重伤。我们要通过追踪报道,分析拒载背后的深层次原因。我们往往只看到事件的表象,而不知道事件的真相;往往只看到局部的真实,而看不到整体的真实;往往只看到相对的真实,而看不到绝对的真实。

记者的使命就是要努力挖掘,努力透过表象找到背后的真相,来还原,来呈现。也正是那些连续追踪报道,让我对新闻这个行业有了更深刻的认知。这份认知就是敬畏之心。

第一次感受到新闻的力量,是1995年10月,我去河南郑州采访了杨宏伟。那年夏天,他刚刚参加了高考,成绩比重点院校录取分数线高出不少,梦想着进入兰州大学或郑州大学。可是这两所大学都因为他"相貌丑陋",将之视为"身体残疾",从而拒绝录取。

我们的报道题目就叫《貌丑能不能上大学》,这篇报道受到了领导的关注,也受到了全社会的关注。在全球,可以说我们的社会纠偏能力是数一数二的,很快,杨宏伟的命运改变了,他被兰州大学补录进去。是我们这一组连续报道改变了一个人的命运,也让这样一个社会现象得到了关注。

是因为我厉害吗?不是。是因为央视这个新闻机构有影响力,有传播力。这份力量不属于任何一个个体。新闻媒体的力量在西方被称为独立于行政、立法、司法的"第四种权力",并且对前三者起到监督和制约的作用。作为媒体人,尤其要把握好自己,要对这份权力充满敬畏。

正因为有了这样一个基本认知,我在20年职业生涯中,从未间断过深入一线,包括作为《新闻联播》的现场记者,亲自钻进下水道,探访北京的排水工程,报道为何雨季来临时,城市总是面临着被淹的风险。唯有如此,才能让自己不与时代脱节,知道社会到底需要什么,我们应该报道什么。

记得"广播电视村村通"工程开通之后,我的前同事张越分享过一个故事。她随着慰问团来到偏远地区,问当地的老大妈:"现在在家里就能看电视、听广播了,您觉得怎么样?"你们知道这位老大妈是怎么回答的吗?她说:"以前不知道这么多信息,活得挺安然,挺淡定。现在在电视上看见人家过的日子,一对比,死的心都有。"

我的同事当然会对老人有些劝慰。但是,这就是社会的现实。新闻人不去一线,如何能够感知到社会的变化、人们真实的所思所想?这样的探究和成长是无止境的。我们做创业、做报道,都是希望怀着一颗赤子之心,不仅仅做自我迭代,还希望能够帮助更多的人,一点一点地实现社会进步。

我们从何处来？我们是谁？我们向何处去？

大家在中学都上过生物课，能不能告诉我，从理论上讲，人的寿命是多少岁？人体细胞的分裂周期是2.4年，人的一生中，细胞会分裂50~60次。如果完全排除外界干扰，人类寿命的理论值就是"分裂周期"乘以"分裂次数"，也就是120~144岁。

但那只是一个理论值，真实的社会当中存在着各种不确定的因素，比如今年的疫情，就给我们的生活带来一定的影响。所以我认为，自我迭代不关乎理论意义上的细胞裂变，而是自己主动去应对各种不确定因素的挑战，进行自我认知的螺旋式成长。

自我迭代就是走出舒适区。我特别害怕自己长期处在一个环境里，会失去好奇心，失去同理心，失去赤子心。画家保罗·高更有一幅名为《我们从何处来？我们是谁？我们向何处去？》（Where Do We Come From? What Are We? Where Are We Going?）的布面油画，在画面上依次呈现了人类完整的生命周期，从小孩，到顶天立地的壮年，再到即将告别这个世界的老年，表达的是关于哲学的终极命题——认识自己。虽然我们不完美，但是我们努力地进行自我迭代，今天的自己比昨天的自己更好一些。

　　1978年改革开放，我上了小学。从1978年到2018年这40年间，我们的GDP增长了200多倍，年平均增长9.2%。如果我们不进行自我迭代，如果我们的成长加速度不能超过年均9.2%，是不是辜负了这个时代？

　　最近这五年我都在创业，也一直在思考创业和新闻主播有哪些共同点。

　　第一，好奇心。在《新闻联播》那四年中，我不仅仅"飘"了，自己对自己也产生了一种担心：不是担心出错，而是担心自己失去了一份好奇心，失去了一种探究的动力，担心自己不再会提问，不再想提问。

　　第二，同理心。同理心就是换位思考。播《新闻联播》，我要站在受众的角度思考，怎么播才能够更好地遵循新闻传播规律，把我们的传播力、影响力做到极致。创业也一样，我要去服务我们的用户，研究他们的心理，研究他们的诉求。

　　第三，赤子心。无论我是什么样的角色，新闻主播还是创业者，身份的标签，生不带来死不带去，本质的追求还是为社会创造价值。这种价值不仅仅是经济价值，还包括社会价值，而社会价值背后就是一颗赤子心的支撑。

成为不可替代的自己

我坐上《新闻联播》主播台的那一年,刚好40岁。中国有句俗话说"四十不惑",意思是有些事到40岁还没搞明白,就别搞明白了。但我特别轴,凡是没弄明白的,就想给它弄明白,就想不再有疑惑。比如,信息和技术的迭代是怎么实现的?

过去100年间,从信息1.0时代发展到4.0时代,从报纸到广播,到电视,再到移动互联网。制造业也从工业1.0时代迈进了工业4.0时代。

1913年,福特推出了T字型汽车。1929年,美国大萧条前期,我们看到了这样一组数据:1929年,美国登记注册的汽车2650万辆,相当于2019年中国全年的汽车销量。为什么呢?工业1.0让成本降低,让效率提升,组装一辆汽车的时间从原来的21天,降到了41个小时。尤为重要的是,金融的杠杆,消费的信贷,在其中起到了推波助澜的作用。

1927年,信息2.0时代的产物——收音机,以及美国哥伦比亚广告公司(CBS)都非常地兴旺。当时,美国人拥有的收音机数量是1000万台,平均每5个人拥有一辆汽车,平均每三户家庭拥有一台收音机。

为什么出现了大萧条?原因很多,和股市相关。那时最火的是制造汽车的企业，是制造收音机的企业。金融在其中起到了至关重要的作用，将存款准备金率提高到15%，市场上没有"水"了，没有钱了，不让你再加杠杆了。疯狂的股市瞬间狂跌不止。

通过对历史的分析，你就知道我们从何处来，同时也明晰了当下所处的坐标，并且更重要的是，我们由此要看未来，看趋势。

2015年，有一个小视频曾经给我带来巨大的冲击。视频内容是"科大讯飞"在京召开的人工智能主题大会，这家企业那时就已经开始做AI的语音研发。董事长刘庆峰和我开玩笑说："你看，我们可以通过AI合成你的声音，以后你就不用播《新闻联播》了。"

从那之后，我们真的看到AI主播成了一种趋势，而且，语音合成成本越来越低，技术越来越成熟，效率越来越高。汽车导航语音有了"郭德纲版"和"林志玲版"，未来还可以有每个人自我定制的一款。只需要录制很少的语料，就可以通过技术手段，实现极佳的合成效果，相似度高达96%以上。而这么高的相似度，通过人耳分辨，基本上可以判断说话的就是"本人"。

20世纪80年代初，美国哈佛大学商学院的迈克尔·波特（Michael Porter）[1]认为，行业中存在着决定竞争规模和

---

[1] 哈佛商学院的大学教授（University Professor，是哈佛大学的最高荣誉，迈克尔·波特是该校历史上第四位获得此项殊荣的教授），被商业管理界公认为"竞争战略之父"，在2005年世界管理思想家50强排行榜上位居第一。

程度的五种力量，并提出了"五力模型"。这五种力量分别是：同行业内现有竞争者的竞争能力、潜在竞争者进入的能力、替代品的替代能力、供应商的讨价还价能力与购买者的议价能力。

AI 技术的迅猛发展，让我不得不怀疑自己，是否具备不可替代的竞争力，也逼迫我在 2015 年决定修正自己的 Bug，进行自我革新。

2016 年到 2020 年，我在"找钢网"供职，看到了制造业基础性原材料处在供过于求的现状。怎样通过互联网进行供给侧的结构性改革？我们做了很多尝试，也取得了一定的成绩。今年，我又加入到家集团，"天鹅到家"给全国家庭提供优质的保姆、保洁、月嫂等相关服务，这又是一个供不应求的服务行业。

有一位雇主问他家的阿姨，村里一起来的几位亲戚，都在北京找到工作没有。阿姨说，没有，很难。为什么？"雇主开出月薪 4000 元，想找我们农民工，能行吗？找个本科毕业生还差不多。"

这也是当下的社会现实。本科毕业生虽然受教育程度很高，但是没有技能，提供不了专业化服务，在人才市场上可能就是供过于求的局面，不如有专业技能的农民工抢手。

过去 10 年间，中国的劳动力人口减少了 3000 万，第一产业、第二产业在 GDP 中的占比下降了 10 个百分点，而服务业上升了10个百分点，达到54%。未来30年，服务业的占比还会逐步提高，像今天的美国一样，在GDP当中的占比可能达到80%。那个时候的服务业都是现代化的服务业，因为国力在增强，消费在升级。人们对服务业的要求也越来越高，对从业人员的专业素质要求越来越高。

所以，自我迭代就是要看清未来的趋势，习得一种不可替代的能力，进行自我升级和完善。

家人，是我们彼此故事中的一分子

人生除了有意识的主动迭代，还有一些被动的迭代。

我夫人在2010年患了乳腺癌，2012年年底，癌细胞转移到肝脏。不幸中的万幸是，经过10年治疗，她目前的身体状况比较健康和稳定，每个月仍在治疗。

夫人在美国治病，孩子作为陪伴，也去了美国读书。我一个人留在国内，继续工作。正值孩子的青春期，而且是男孩子，他需要在成长过程中与父亲对话，需要父亲更多的陪伴。夫人经常问我，如果孩子长大以后，你在他的成长中没有留下什么印记和片段，会不会觉得很遗憾？

我想，会的。但是目前没有办法，我们一家三口只能是这样一种生活方式。所以我经常努力创造一些团聚的机会。2016年，我们全家第一次在波士顿参加波士顿马拉松前一天的5公里跑。那天的合影一直挂在我的办公室里。每当我看到它，就会感受到一家三口在一起的那份平淡的浓浓的爱。我们是彼此故事中的一分子。

2015年，我和夫人一起飞到了希腊雅典，在马拉松的发源地，我们两人手牵着手，跑了一次5公里。雅典的马拉松和其他地方的马拉松有什么不同？它有四个不同的起点：全马、半马、10公里、5公里。不管从哪里起跑，最后的终点

是一样的——现代奥林匹克运动会的发源地,古老的钻石体育场。

　　当我们俩跑进体育场,接受全场欢呼的那一刻,脑海里想到的是什么?即便我们经历了种种,即便我们走出舒适区,告别了曾经的辉煌,接下来可能还会面对更多的寂寞,但是我们仍然怀有向上向善的心,我们仍在身体、心灵、头脑的层面不断自我迭代、不断升级。无论从哪里出发,只要能到达最后的终点,微笑着去撞线,就是对人生最好的告慰。

　　最后,我想与大家分享一首诗,你们应该也非常熟悉。它是我在你们这样的年龄,最爱的一首诗[①]:

> 从明天起,做一个幸福的人。
> 喂马、劈柴,周游世界。
> 从明天起,关心粮食和蔬菜。
> 我有一所房子,面朝大海,春暖花开。
> 从明天起,和每一个亲人通信,告诉他们我的幸福。
> 那幸福的闪电告诉我的,我将告诉每一个人。
> 给每一条河、每一座山取一个温暖的名字。
> 陌生人,我也为你祝福,
> 愿你有一个灿烂的前程。

[①] 指当代诗人海子于1989年所写的一首抒情诗《面朝大海 春暖花开》。

愿你有情人终成眷属,
愿你在尘世获得幸福。
我只愿面朝大海,春暖花开。

谢谢!

福建信息职业技术学院
2020 年 12 月 13 日

07 | 龚琳娜
做 自 己 不 忐 忑

在追求"做自己"的人生路上，一定会有很多人不理解你，而在那个时候，你正怀着"即使拼个头破血流、也要努力往前冲"的信念，根本顾不得身边的人怎么看你。我就是这样一路走过来的，但是我从来不觉得委屈，因为勇敢地行动是非常重要的。

龚琳娜

中国新艺术音乐歌唱家、创始人,
代表作品《忐忑》《法海你不懂爱》《小河淌水》《金箍棒》。

（唱）
美妙的歌儿哟多又多，有首歌儿就是我。
我的歌儿飞向全世界，
歌唱幸福的生活，歌唱欢乐。
哎呦哎～我的歌儿飞云霄，
歌唱幸福的生活，歌唱欢乐。
……

老师们、同学们，你们好！

我刚才唱的这首歌，是我小时候的代表作《有首歌儿就是我》。这首歌的歌词，好像预示了我一生要走的路。

我的家乡在贵州贵阳。从小，我就会唱很多很多苗族、侗族、布依族的歌，带着这些歌曲到北京、上海、深圳、广州去演出。1987年，我12岁，第一次随贵州"苗苗艺术团"到法国演出。当我们唱完家乡的歌，全场的"老外"都站起来，

自由放歌,我的童年

"啪，啪，啪——"很有节奏地鼓掌。看到这一幕时，我突然明白了：音乐可以打开所有人的心门，可以冲破所有的隔膜。所以从那时起，我就有了一个梦想：长大以后，我要当一名中国的歌手，把我们的歌唱到全世界。

为了这个梦想，我要去北京上学。15岁的时候，我考上中国音乐学院附中。记得上第一节声乐课的时候，我的老师邹文琴[①]就讲："人活一口气。没有这口气，就没有了生命，更不会唱歌。"所以，我今天来到这里，首先要带着你们一起练气。请大家站起来。（众人起立）

很多人都会问我：气怎么练？我想到了一个办法，让所有人都能瞬间感受到丹田在哪里，怎样才能发掘出自己的"精、气、神"。把一个拳头放在肚脐以下，拳头下方所在的位置，就是我们的丹田。现在，我们想象自己的嘴就长在丹田上，深呼吸，然后自然地发出声音："嗬！嗬！嗬！"每一声都要像砸在地上一样。但是光喊三声还不够，请大家跟着我，一声接着一声，掷地有声。我不停，你们也不停。眼睛亮起来！

这样持续的练气发声，很多人都坚持不下来，往往腰酸背疼，喘不过气。而我每天都要练十分钟。如果你想说话、唱歌有底气，做人有底气，就得这么练。注意力要非常集中。

第二个练气的方法，就是我对你们发出一声"嗬"，你们

[①] 邹文琴：音乐家、声乐教育家，中国音乐学院声歌系教授，中国声乐家协会副主席。

也要向我发出一声"嗨",声音要像剑一样刺向对方。(从气息练习逐渐导向《忐忑》)

谁说别人唱不了《忐忑》?如果能够坚持练气,其实你们全都能唱。

《忐忑》以后

你们知道吗?在《忐忑》之前,我也像你们一样老老实实地在音乐学院读书。大学毕业之后,我考入了中央民族乐团,拥有一份非常稳定的工作,后来也参加过各种各样的比赛,在比赛中获奖,还当上了民族乐团歌队的副队长。这样看起来,我的人生之路是非常顺利的,但也就是在那个时候,我却开始感到不满足。因为我发现,在舞台上,我的声音和所有的同行都一模一样。

我小时候的理想是把中国的歌唱到世界,可是,如果我的声音和别人都一样,在被选择的时候,我还有什么优势呢?艺术最重要的是创新和独特性。在那个时候,我发现我没有自己独特的声音。于是,我决定辞去工作,走上属于我自己的人生之路——唱自己喜欢的歌。后来就有了《忐忑》。

《忐忑》这首歌需要极强的气场。如果一开始我不带着你们练气，马上就唱，你们是唱不了的。它需要强大的气息基础，而且注意力要很集中，声音才会层层递进，观众才能感受到一种震撼扑面而来。《忐忑》的神奇之处主要就在于它的气场和高度的技巧，再加上注意力集中，就可以唱好。

因为我唱了《忐忑》这样的歌，也有了自己独特的声音，全国有很多观众开始模仿我，也有越来越多的人知道了我。2013年湖南卫视"春晚"，我又唱了一首原创的歌《金箍棒》。我也经常参加一些综艺节目，穿梭在各种各样的娱乐环境之中。在2012年12月31日湖南卫视的跨年"狂欢夜"上，我

2013年2月4日，在湖南卫视春晚演唱《金箍棒》

唱了当时的新歌《法海你不懂爱》，一个月之后的小年夜，我又唱了原创的《金箍棒》。

当时为了唱好《金箍棒》，我们就想在造型上有所突破，同时又保留一点"猴儿"的影子。于是在化妆方面，我在脸上用了金色——金色在戏曲中是代表神仙的颜色，而且我们没有夸张它的戏曲属性。传统戏剧表演中通常插在头上的翎子，也被我们设计在了肩上，这样比较有趣，一望便知是孙悟空的形象。

直到今天，《金箍棒》仍然是我非常喜欢的一首歌。开头第一句，就唱出了孙悟空住在花果山那种自由自在的状态。然后，当他得到一个宝贝——定海神针——就开始玩弄它。"玩弄"在歌中怎么体现呢？就是通过演唱者的嘴皮子功夫。玩着玩着，这个小神针越变越大，变成了一根顶天立地的金箍棒。有了金箍棒，他才能大闹天宫。所以这个时候，我采用秦腔的"黑撒"唱法，唱出了一个顽皮的小猴变成霸气的齐天大圣。最后还有个高音，老锣在创作这首歌的时候就跟我说，高音必须要一气呵成，因为这个猴儿特别"牛"。一口气把高音唱上去之后，马上又是一小段嘴皮子功夫，最后脆生生地落到"金箍棒"三个字上——齐天大圣又变回了那个可爱的小猴。

这首歌非常有趣，没有一句废话。在我看来，它是一首艺术歌曲，但是当它一下子火遍全国的时候，你们知道产生过多少争议吗？直到前几天，还有作曲家给我打电话说："龚琳娜，我觉得你这几年做得特别好，但我就是不喜欢《金箍棒》。"

当时，这首歌不但招来了很多网友的谩骂和"恶搞"，很多专业人士也对这个作品非常排斥。我当时很纳闷：为什么呢？这首歌这么有趣，这么有技巧，而且贯穿着戏曲的唱腔和表演，为什么受到这么多人的排斥？到底刺激到他们哪根神经了？

我觉得争议一定是好事，从《忐忑》到《法海你不懂爱》再到《金箍棒》，每一条微博下面的网友评论，我都会认真地读。因为只有直面争议，才会去寻找自己到底想要什么。艺术或演唱拥有多种可能性，并不是只有一种标准是对的，一定要激发所有人的争论，中国音乐才有可能前行。所以我并不怕争议，而且在各种各样的声音当中，我还是坚持走我自己的路。

但是有一天，我接到了中国音乐学院曾经的院长李西安老师的电话，他一直是我创新路上的领路人。李老师在电话里说："龚琳娜，你不可以再这么玩下去了，你得回归本位。"他的担忧在于，我一直在娱乐环境里唱着中国的新艺术歌曲，而在那个环境里，往往会产生很多的误解。我应该踏踏实实地回归到艺术本身。

李西安老师的话也提醒了我，所以从《金箍棒》之后，我就在思考：我要回来。为了不在娱乐环境中逐渐丢掉自己，我需要做什么？第一件事就是找到属于自己的声音。

很多人都对我说："你的歌，我们唱不了。"为什么唱不了呢？如果你们去了解一下，就会发现，现在的音乐学院都以钢琴伴奏为主,然而钢琴没有韵,而且所有的音阶都是大调,没有五声音阶的练习。当音乐学院里所有的唱法都以西方美声唱法作为根基的时候,我们就丢掉了中国的音色和韵味。所以我想,大家唱不了我的歌,可能是因为练声曲不对。也就是说,练习法要重新改变,我们可以找到中国的不同的声音练习法。

而且,很多人会说,音乐学院教出来的都是"千人一声",大家都唱得一模一样。这也是我当年学习声乐的困惑。怎么解决"千人一声"的困境呢?我就开始和老锣研究,怎样做一套练声曲,可以帮助所有人找到自己的声音。

今天,我也带来了我们做的练声曲,其中一条叫作"整体共鸣腔"。如果把你的身体分成不同的部分,比如丹田、胸部、喉部、鼻部、脑后、双眉间、头顶……不同的身体部位会发出不同的声音。即使全世界的人身体结构都一样,有着一样的共鸣腔,但是每个人的共鸣腔发出来的声音是不一样的,那是你自己的声音。

于是我请老锣根据这个原理,做了一条长达 10 分钟的"整体共鸣腔"的训练。每一个发声部位,都对应模仿一种动物的发声,还对应着一段典型的歌曲,帮助你体会到自己不同的身体部位发出的不同声音。

在座的同学们,你们在上"一对一"课的时候,是不是容易紧张?老师总说"别紧张",可是怎样才能不紧张呢?那

采风途中

就需要一种"玩儿"的心态。音乐的"乐"就是快乐的"乐",要唱歌,首先就要快乐,要享受,要全身心地放松。

为什么会编出这样一套练声曲呢?其实与我在各地的采风有关。我曾经去贵州苗族人生活的地方采风,住在当地人家里。苗族人有一种天然的真假声,让我很好奇。早上,那家媳妇说:"我带你上山去喂猪。"喂完猪以后,她站在山上就唱起了苗族的"飞歌"[1]。她这边一喊,山那边的公鸡就"喔喔喔——"地呼应上了。

我们的声乐艺术从哪里来?是与环境相关的。苗族人生活在山上,所以他们的歌叫"飞歌",要有高音,才能"飞"

---

[1] 飞歌:苗族歌曲的一种,其音调高亢嘹亮、奔放明快,声振山谷,有强烈的感染力。多为青年妇女所唱。

到山那边去。他们又模仿公鸡的叫声，形成了这种混声唱法。这些都是在无意识中产生的。

那么再说侗族。侗族人通常住在水边，大榕树下，所以侗族人唱歌的声音不高，假声也很少，更善于甩音。夏天，大榕树上有蝉鸣，因此侗族人会模仿蝉鸣，形成了十分灵动的声音。如果很多人一起唱，还会产生一种波动感，就像透明的水的质感。所以侗族有了《蝉之声》①。因为很多人一起唱，很可能每个人唱的调都不一样，于是他们渐渐听出了和声，并且在二度②、三度等不同和声关系中找到了一种和谐度，自然而然地形成了侗族多声部的合唱。并没有作曲家专门给他们写，也没有老师特意教他们，他们只是聆听着大自然的声音，就形成了这样多元的唱法。

既然声乐艺术是与自然环境息息相关的，那么我们的这套练声曲，就是要让大家通过模仿不同动物的发声，学习到不同的唱法。如果你想改变自己的声音，首先要改变共鸣腔。当你使用不同的腔体发声时，你的音色产生了改变，你唱歌就有魅力了。我们平时说话都有各种各样不同的声音，为什么唱歌就只有一种声音呢？那肯定是不对的。所以，我们需

---

① 《蝉之声》：侗族地区民间歌唱艺术侗族大歌的其中一首经典曲目。
② 二度："度"指的是音乐中两个音之间的距离单位，包含几个音，就是几度，"二度"指的就是相邻两个音之间隔了2个度，三度以此类推。

要学会使用不同的声音来唱歌。不同的歌曲，就应该用不同的共鸣腔来发声。

当我研究了各种各样的唱法和练习法之后，我要回归到中国的艺术歌曲。在西方，像舒伯特这样的作曲家，往往都以席勒、歌德的诗来谱曲，造就了西方世界的艺术歌曲。之后，全世界的音乐学院都在唱舒伯特的德奥艺术歌曲。那么，如果要发扬我们中国的艺术歌曲，最重要的元素就是中国的诗词。

一直以来，我在音乐中做过一些古诗词方面的探索。古代的歌曲，包括琴歌，古琴和人声都是非常有韵味的。要唱好古诗词，就要用古琴。2008年，我出版了集歌、琴、箫三种演奏形式的专辑《弦歌清韵》。今天我也要教大家一首源于中国古诗词的歌——《天下谁人不识君》[1]：

千里黄云白日曛，北风吹雁雪纷纷。
莫愁前路无知己，天下谁人不识君。

古诗词唱起来，容易让人感到无聊，但是站在台上的我，看到你们每个人的眼神如此坚定，并且用真声[2]胸有成竹地唱

---

[1] 《天下谁人不识君》：出自龚琳娜于2018年3月21日发行的专辑《二十四节气歌》，歌词以唐代诗人高适的《别董大》为基础。
[2] 真声：指人声艺术的一种发声方法，传统戏曲唱法称为大本嗓或称真嗓。

着这首歌,真的非常感动。

这是老祖先留给我们的圣贤诗。我的孩子经常问我:"妈妈,我们为什么要学古诗词?"其实我小时候最讨厌古诗词,总觉得特别难背。可是当我长大了,当老锣为这些诗词谱上曲,当我唱出来的时候,我就懂了——唱诗词,就是学做人。

譬如这首《天下谁人不识君》,如果你有即将离别的朋友,你可以唱给朋友;如果你遇到了困难,也可以唱给自己。当我感到不被关注、不受重视,或是需要力量的时候,李白的那句"天生我材必有用,千金散尽还复来"就油然而生。到了秋天,像现在,落叶纷纷的时候,我会唱起刘禹锡的《秋词》:"自古逢秋悲寂寥,我言秋日胜春朝。晴空一鹤排云上,便引诗情到碧霄。"

其实,每一首诗都有不同的唱法,不同的个性,不同的意境,不同的气节。我们中国的诗词太美好了,所以这些年,我从娱乐环境里离开,就开始大量地在全国各地的高校里教大家唱诗词,让大家感受到中国诗词乃至中国文化的美,并通过不同的声音表现出来,也希望能够与更多人一起努力,把我们的诗词唱出来,传下去。

生命中最重要的人

其实在我的人生当中，也有贵人相助。有几位对我的人生产生了非常大的影响，我想给大家讲一讲。

第一位是我的音乐启蒙老师——贵阳少年宫的钟德芳老师，我现在叫她"钟妈妈"。认识钟德芳老师是在1982年，我才7岁，她在我们贵阳市南明区创建了少年宫。钟老师有一种"天不怕地不怕"的精神。首先，她鼓励我们到民间去学习侗族大歌、苗族飞歌，等我们学会之后，她就到北京，去找文化部、少儿司。其实她谁都不认识，但她就坐在司长的门口等着，对司长说："请看看我们贵阳'苗苗艺术团'的

成长路上，钟妈妈一直伴我同行

节目，多给我们点儿演出的机会吧！"后来，我们就有了到北京、上海，到全国各地的演出机会，以及1988年去法国演出的机会。

钟妈妈现在快80岁了。她身上有一种勇往直前的精神和行动力，这种行动力始终影响着我，直到今天。我给大家讲一个例子。我是怎么考上中国音乐学院附中的呢？那时候没有网络，远在贵阳的我，根本不知道怎么考到北京。当时，我在电视上看到文化部的"春晚"，吴碧霞[①]作为"歌坛新苗"，唱了一首《细雨淋湿了小村庄》。节目里出现了演唱者所在的学校——中国音乐学院附中。我一看，她跟我差不多大啊，于是就给她写了一封信，也收到了她的回信。通过这封回信，我才知道北京的音乐学院附中在招生。半年之内，我就考上了中国音乐学院附中，成了吴碧霞的师妹。

今天给大家分享这些，其实就是想说，不要觉得有些梦想太高，离自己很远。在这个网络时代，就算你只是一名小城市里的中专生，依然可以走向世界，只要你想，只要你一心一意地去追随，就一定能够做到。这种勇往直前的行动力，就是我从钟德芳老师的身上学到的。

第二位对我有影响力的人是邹文琴老师。她不仅是教了

[①] 吴碧霞：中国内地女歌手、教师。1992年，17岁的吴碧霞参加文化部春节晚会，演唱了歌曲《细雨淋湿了小村庄》。

我七年的声乐老师，还培养出了韩红、雷佳、吴碧霞、梦鸽等非常多的优秀学生，但是邹老师一直都非常地淡泊名利。像我们这些在今天所谓"有了一定成绩"的学生，每次回去看邹文琴老师，说起某电视台的采访或颁奖活动，邀请她出席，邹老师永远都说："我就是一个老师，只要好好地教书，我的任务就完成了；只要看到你们好，我就满足了。至于那些事，是你们要去做的，并不是我。"

至今为止，邹老师从来没有担任过很高的职位，她对任何名利方面的事情都很淡泊，就是专心地教书育人。当我站在今天的舞台上，面对很多观众的掌声，一直都是邹老师的高贵品格在影响着我，我也决定自己的人生要好好唱歌，好好做人。不管是今天站在华丽的舞台上，还是明天可能会跌入低谷，都要不以物喜、不以己悲，做好自己，唱好自己的歌，这才是一个歌者真正要做的事情。

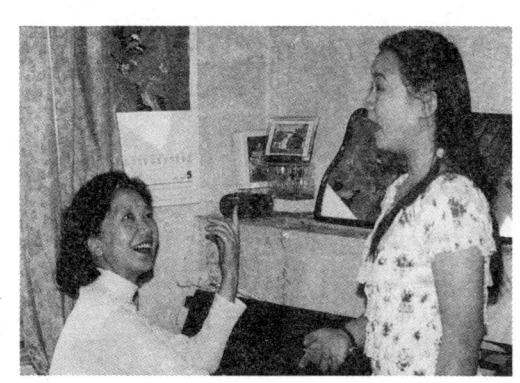

我的声乐启蒙者和品格引领者——邹文琴老师

在座的所有同学们，也许有一天，你们也会到一所学校教书，成为一名教师，要记得你的一句话、一个行动可能就会影响你的学生一辈子。前两位老师就是影响我一辈子的人。

影响我人生的第三个人，就是我的妈妈。小时候，我妈妈经常会拉着手风琴为我伴奏。手风琴并不是她的专业，只是业余爱好。但是我上台唱歌的时候，妈妈总会拉着手风琴陪伴我。而且，我小时候所有的演出服，不管是小西装，还是公主裙，都是妈妈亲手为我缝制的。妈妈是我背后最大的力量，不断地支持着我。

大学毕业之后，我选择了在北京工作，妈妈就来到北京，每天给我做饭、洗衣服，她说："你只要好好唱歌，别的都不用管。"直到有一天，我决定辞职，要走自己的路，我就对妈妈说："妈妈，你回家吧，去贵阳跟我爸爸团聚。"妈妈说，我把她"扫地出门"了，她说我不要她了。在那一瞬间，妈妈就生病了。

从那时候开始，在我做新音乐的路上，我妈妈就不再听我的音乐，她也不相信我会成功，因为她觉得我没有按照她设想的路去走。当然，我非常理解我妈妈。我要走属于自己的路，但是她没有看到我能够站起来的样子，而我必须坚持。我并没有要求妈妈理解我、支持我。妈妈在厨房里放了一块小黑板，每天记录着她要买什么菜，做什么事。我在黑板的右下角写了一句"妈妈，我爱你"。整整十年过去了，我妈妈都没有擦掉这几个字。

在我的艺术生涯中，妈妈从未停止付出

十年以后，有一天，妈妈突然跟我说："女儿，你知道吗？我会唱《忐忑》！"而且，我妈妈还亲自给我唱了《忐忑》。

我就对妈妈说："妈妈，你知道吗？老锣最近写了一首歌叫《法海你不懂爱》。"

妈妈说："那不就是写我的吗？"

我们就在这种幽默的对话当中，慢慢地化解了当年的矛盾。现在，妈妈再也不会干涉我的选择了。但是，我从来没有跟妈妈说过"对不起"。今天，我特别想面对镜头，面对所有的人，对妈妈说一句："谢谢妈妈支持我，对不起。"

在追求"做自己"的人生路上，一定会有很多人不理解你，而在那个时候，你正怀着"即使拼个头破血流，也要努力往前冲"的信念，根本顾不得身边的人怎么看你。我就是这样一路走过来的，但是我从来不觉得委屈，因为勇敢地行动是非常重要的。你知道自己要什么，你会一步一个脚印地去努力，直到努力得越来越好，你所走的是正道，支持的人就会越来越多。今天坐在这里的你们，就是支持我的人，也是我背后的力量，谢谢你们。

那么，第四个对我产生很大影响的人，就是我生活与生命的伴侣、艺术上的合作伙伴——老锣[①]。我认识钟妈妈是在1982年，认识邹文琴老师是在1992年，认识老锣是在2002年，

---

① 老锣（Robert Zollitsch，直译为罗伯特·佐里奇），1966年出生于德国慕尼黑，是中国新艺术音乐的作曲家、创立者。

我的灵魂伴侣——老锣

所以，我与"2"这个数字还挺有缘分的。从整个人生来看，好像每隔10年，就会开启一段新的路。

我和老锣都怀着对中国音乐的热爱，有共同的理想，并且愿意为中国音乐去努力，也因此相识、相知、相爱。在我们努力的过程中，遇到过很多困难，两个人始终一起面对。直到今年，疫情发生了，老锣带着孩子在德国，回不来，我独自住在云南的苍山脚下，除了出门工作，每天都是一个人生活。

就这样，我们俩分别了一年。从相识到现在，我们从来没有分开过这么久。他在那边带着孩子，写着音乐，我非常地想念他。原来我们在一起生活的时候，你们知道老锣有多能干吗？他又会做饭，又带孩子，又给我写歌，还给我买衣服。因为我不喜欢逛街，也不知道自己需要什么，所以他真的把我照顾得非常好，我也十分地依赖他。

在相当长的一段时间里，我经常会问自己："如果没有老锣，我怎么活？"其实，这个状态是危险的。

被疫情分隔的这一年里，我真的没有了老锣。我开始自己做饭了，我开始自己种花了，我开始自己给自己买衣服，我也学会开车了。当我什么都能够自己做的时候，我就可以说："没有谁，我都能活。"在人生的路上，我们真的不能依赖别人，一旦依赖，就会有恐惧感，因为你害怕失去。

不过，他在那边，我在这边，我们还得一起做事啊。老锣向我建议："我们今年再出一张新的专辑吧。"我说："那就出《山海神话》吧。"

我们想做神话故事的专辑，已经很多年了。老锣说："好，你把歌词给我，我来谱曲。"可是我也没有歌词。我想了一下，说："这样吧，你写十首歌，每首歌都蕴含着一种演唱技巧。《山海经》里的每种神兽都有一种特异功能吧，这种特异功能，就是我们的歌唱技巧。"

所以，老锣就开始一首一首地作曲。写的时候，他也不知道歌词会是什么，只知道每首曲子要有一个技巧，比如"高音"，比如"嘴皮子功夫"，比如"大跳"，比如"滑音"。每写完一首旋律，他就发给我。而我呢，听着这些旋律，翻看着《山海经》，根据感觉找到那个最适合的故事，一首一首把词全填进去了。而且几乎没作任何更改，全部是《山海经》中的原词，竟然填得天衣无缝。

其中有一首《凤皇》，选编自《山海经》之南次三经："丹穴山，丹水出，有鸟焉，自歌自舞，五采而文，名曰凤皇……"这首歌的技巧就是高音，最高到了 High E。到现在我也不能保证每次都能将 High E 唱上去，所以我还要练。我希望自己能像一只凤凰，自歌自舞，不依赖于外面的环境。不管外面有什么变化，我都可以坚持自己的理想。同时，我也希望自己可以通过这张专辑，把各种各样的技巧唱出来，尽可能地让大家听到中国声乐的多种可能性。如果我的生命能够成为中国声乐发展中的一块小小奠基石，我就会觉得特别有意义。

我想，在这一年里，我跟老锣从一对"比翼鸟"，变成了自歌自舞的凤凰，完成了一场难能可贵的涅槃，而今终于可以独立地面对世界，走出真正属于我自己的路了。

向高峰攀登，向大地扎根

这个时候，还是会有很多人问我："你看上去已经很成功了，也有很多唱歌的机会，那么你还有什么理想？"

在彝族地区采风

　　我可以告诉大家，我的理想是：活到九十九、唱到九十九。我并不觉得唱歌是一项专属于年轻人的艺术，年龄大了，嗓子老了，我还可以唱更深刻、更有生命力的歌，也不需要再去炫耀技巧。所以，唱歌永远是我生命的一部分。

　　在艺术上，我愿意不断地向高峰攀登，同时也需要不断地向地里扎根，扎根的办法就是采风。很多人都问我："你现在怎么学习？"或许你们首先想到的学习方式就是去北京、上海进修，或是出国留学。我告诉你们一个最好的捷径——到民间去采风。

　　在今年疫情期间，我去了云南文山州[①]有着"坡芽歌书"[②]的壮族地区采风，到彝族地区听彝族的声音，到纳西族听纳西族的声音。对于我来说，要学习少数民族的歌其实非常难，因

[①] 云南文山州：全称文山壮族苗族自治州，位于云南省东南部。
[②] 坡芽歌书：流传在云南省文山州富宁县壮族地区，以原始的图画文字将壮族民歌记录于土布上的民歌集。

为他们的语言我并不懂，我主要是采集他们的声音技巧，去了解他们都吃什么，住在哪里，为什么那个环境里会产生这样的唱法，这是最直接的学习方式。可惜这次我留在长沙的时间不长，如果有机会，我也想向你们学习，学你们的湘剧、花鼓戏，等等。

其实，学习就在我们身边，你不需要跑到多么高等的学府，也不必非要找一位多么权威的教授，那只是学习方式中的一种。你完全可以从身边的人学起，他们身上一定有你没有的亮点。

由于一直在不停地学习，我觉得唱歌特别有趣。在不断提升艺术生命的同时，我也在思索，如何能让更多的人唱出"中国的声音"。我们现在的整体教育都非常西化，音乐学院也几乎都以西方唱法为主，大部分的老师都是从西方留学回来的，他们也不了解中国音乐。所以，我决定从我做起，展开"声音行动"，把中国的声音唱出来，传下去。

首先，不管住在哪里，我都会教我身边的邻居唱歌。他们完全不是学音乐的，很多人从来没有唱过歌，甚至"五音不全"，而且对自己的嗓子根本没有自信。但是通过每周跟着我一起练气——就是刚才我教你们的"掷地有声""声如剑出"——他们能连续练20分钟，而且还"动手动脚"，跳起来练。我教他们唱了很多古诗词歌曲。

后来我就发现，我的邻居们渐渐在发生改变。比如，一

和可爱的"邻居合唱团"一起唱歌

对老夫老妻穿起了"情侣装",开始有了恋爱的感觉;一些患有焦虑症、抑郁症的朋友也开始停药;有些不爱笑、不爱表达的人,也变得开朗外向,有时候我做直播,他们对着镜头滔滔不绝地表现自己。

　　音乐是什么?唱歌是什么?它不是简单的表演,也不是一份工作,它能带给你由内而外的快乐,让你可以像一朵花一样绽放,让你能够发光。所以,我们在唱歌的时候,一定要好好地享受它。

　　除了教邻居唱歌,我最近也在做自己"二十四节气古诗词"的音乐会。不管在哪里演出,我都会培养当地的少儿合唱

"二十四节气古诗词音乐会"在长沙演出成功

团为我伴唱。前两天在上海,我就与上海东方艺术中心的合唱团合作;过两天去深圳,我会与深圳当地的彩虹多民族合唱团合作。他们全部都是小孩子。

两个星期前,我在南京开演唱会的时候,跟我排练的都是幼儿园大班的孩子。他们因为年纪小,更容易紧张,老师说,有的孩子唱久了还会晕倒。可是我上台以后,就鼓励孩子们:"你们能站在舞台上,就是英雄,那么你们的眼睛就要发光。"后来,不但没有一个孩子坚持不下来,他们甚至都舍不得下台。

我发现,每个生命都需要被关注,被关爱。即使只是一个幼儿园的孩子,也希望在舞台上能被光照见。因为有爱,小朋友开始有勇气在台上睁开眼睛,在音乐里释放出所有的情绪,再得到观众的掌声，孩子们会觉得自己真了不起。利用我的音乐会，让大家都有机会站在这个舞台上唱歌。而且在音乐会现场，我总是带着全场观众一起唱，抓住每一个机会，向人们传播中国的声音。

不过，我毕竟不是一线的老师，要想影响更多的孩子，我就要去教中小学的音乐老师。所以，我刚刚申请了北京市的艺术基金，不久之前，我在北京为三十位来自各中小学的音乐老师进行了授课，其中包括北大附中、清华附中、清华附小的音乐老师，也有来自工读学校以及自闭症儿童等特殊学校的音乐老师。今天早上，自闭症儿童学校的老师还给我发来一段视频，让我看那些孩子开心地跟着老师练气，甚至有些孩子的音准和节奏是非常好的。老师们发现，孩子们也可以在快乐中练歌。

这也是我"声音行动"中十分重要的一部分。或许今天只有我一个人在这里唱歌，今后会有越来越多的老师一同加入，如果今天来到现场的你们，回去也教你们的爸爸妈妈、弟弟妹妹、街坊邻居、社区老人等一起唱歌，那我们中国的声音就可以真正地唱出来，传下去。

这个时候，我都会想起屈原的那句诗——"路漫漫其修远兮，吾将上下而求索。"我教你们唱一遍，就这一句，非常容易，但很给力。唱的时候，要用真声，要用胸腔共鸣。在我们的教学中，经常回避"大本嗓"。其实我们说话都是用本嗓，真声是非常有力量的，也是你自己真正的声音。我们要敢于用起来。

人生的路很短，但是中国音乐的路很长。如果你有一个理想，可以一直为之奋斗下去，这条路是永远不会结束的。

每当夜幕降临，我自己总会感慨：生在这个时代，这个环境，没有战争，没有饥饿，每天晚上都有一张温暖的床可以安然入眠，第二天早上，太阳照常升起，多么幸福，多么幸运！我们还有什么可埋怨的？还有什么不满意的？我对世界、对生活、对每一个当下都充满感恩。

每天睡前，我都会把手放在心口，默默地对自己说："对不起，原谅我，谢谢你，我爱你。"如果你愿意，也可以试着和我一起闭上眼睛，把自己的手放在胸口，在每天晚上睡觉之前对自己说："对不起，原谅我，谢谢你，我爱你。"

湖南艺术职业学院

2020 年 10 月 21 日

08 | 张泉灵

没机会？其实是你不会自定义！

人生路上所取得的成就，不全凭运气，其中有相当一部分是主动选择的结果。而"主动选择"需要有决心，而且有技巧，其中一项兼容性比较强的技巧，就是一个人的"自定义"能力。

张泉灵

原央视节目主持人、记者，
现任紫牛基金创始合伙人、"少年得到"董事长。
代表作品《东方时空》《新闻会客厅》《焦点访谈》。

武汉传媒学院的各位老师、同学们大家好！我是张泉灵。

《对白》栏目组告诉我，希望我能跟大家分享一下自己的经历，并且探讨一些每个人在成长过程中都会遇到的小问题。回忆我的人生历程，我一定是运气不错的一个人。我必须非常认真地承认，我有"锦鲤"体质。

但是我又觉得，这不完全是运气，其中有相当一部分是主动选择的结果。只不过"主动选择"这件事要有决心，而且有技巧，很多技巧也很个性化，不是对每个人都有用。我今天想跟大家分享的，是一项兼容性比较强的技巧——对我有用，也对很多人都有用的"自定义"能力。

面对困局,我的两个"秘密武器"

平时,我会被高频次地问到一个有关实习的问题。临近大学毕业的学生,需要一个实习机会。去大公司呢,一是门路不太好找,二是店大欺客,不给实习工资就算了,还要实习生每月倒交 800 元。而且去了之后,据说也没有什么特别正经的事,主要是端茶倒水,履历上倒是会比较好看。如果去一个小公司实习,每月都能赚 3000 元工资。那么,到底选择大公司,还是小公司?

我来告诉你们,如果是我,会怎么选。我会依靠我的两个"秘密武器"。

我的桌上永远会放一摞白纸,因为我思考的时候特别爱画图——这是我的第一个"秘密武器"。最常画的图叫作"成本收益图",其实就是一个特别简单的坐标系,横坐标是将要付出的成本,纵坐标是可能获得的收益。

我们可以对刚才那个问题从成本、收益这两方面稍作分析,然后把分析结果呈现在坐标系中,一目了然。

假定你去一个小公司实习 3 个月,月薪 3000 元,你要付出什么成本呢?3 个月的实习,整个大学期间恐怕只有这一次机会,所以首先你要付出一个时间成本。有什么收益呢?先说薪酬，3个月的工资是9000元，不少。还有别的收益吗？比如工作经验？小公司的成本意识一定非常强，否则很容易被市场干掉。那么，在成本意识很强的前提下，每月花3000元聘请一名实习生，一定不会承担培养你的责任，而会安排你干一个能够胜任的活儿。换句话说，你会得到若干项内容相对固定，而且在你能力范围内的事。这样的工作任务能让你学到什么呢？几乎什么都学不到。

再说大公司。先看成本，除了唯一一次3个月的实习机会，还有每月800元"学费"，以及给诸位前辈端茶倒水。那你能获得什么呢？假定每天工作8小时，端茶倒水，总共半小时，足够了吧？那就意味着你还有7个半小时的时间可以学习。学什么？自定义。大公司往往不给实习生安排一个固定的活儿，这其实是对你们最负责任的表现，因为你想学什么都有机会。

各位同学都是学传媒的，假定你们去一个电视台实习，想一想可以学什么？比如后期编辑，太好了。可能是真实发生的新闻，也可能是一个综艺节目，你可以参与编辑、制作，然后在电视上播出。要知道，如果买一个后期编辑的线上课程，比如教你"如何编一个网红视频"，大概5天的费用是2000元。

在电视台实习，还可能学到什么？有些看起来劳神费力的事，本质上，也是在增加你的经验和资源。比如电视台都有一项工作——联系嘉宾。给你一个名单，你来给嘉宾或其助理打电话，联系采访或录制节目，确认时间及各种周边事务。你问问自己，如果不在电视台实习，有机会接触那么多人吗？你有他的电话，有他助理的电话，还有机会跟他本人对话，为他做好服务工作。如果你进了一个不错的栏目组，3个月之内，嘉宾名单能填满两张A4纸呢，这是在别的地方花钱也买不来的。

如果我们把以上情况分别画成两张"成本收益图"，放在一起对比，就会发现：小公司，用你3个月的劳务输出（成本）换9000元（收益）；大公司，用2400元和3个月的时间（成本），换66个工作日、每天7个半小时的"自定义学习时间"。

所以，下次做选择之前你就很清晰了，"自定义"的机会非常值钱。

但这不是思考问题的全部依据，我还有第二个"秘密武器"。

经济学当中有一个非常重要的概念，叫"机会成本"①。经常有人问我，选A还是选B，其实，世界的真相通常不只有眼前这两个选项。在A和B之外，你要衡量一下是否还有C、D、E、F等可能性，而它们所产生的收益，就是你只在A或B中做选择时，所付出的机会成本。

比如，你去小公司实习，3个月赚9000元，对于学生来说的确不少。但是，如果你不去小公司实习，有没有其他方式

---

① 机会成本：指企业为从事某项经营活动而放弃另一项经营活动的机会，或利用一定资源获得某种收入时所放弃的另一种收入。也泛指一切在做出选择后其中一个最大的损失。

赚到同样的收益呢？我想告诉你，在今天这个时代，如果你只想赚钱，有大把的机会，甚至不止 9000 元。

反过来，你在大公司实习，花 2400 元，用 66 个工作日能获得的经验和资源，却不是在市场上很容易换到的。只要你"自定义"得足够好，我向你保证，大公司是一个经济更优选的方案。

我们今天的主题是：不是没机会，是你不会"自定义"。那么问题来了：怎么建立和增强自己的"自定义"能力呢？我认为，要学会问自己四个灵魂问题。

灵魂问题之一：平台的核心竞争力何在？

首先你要形成一个概念：一个人初出茅庐的时候，你擅长什么不重要，这个平台擅长什么、你身边的人擅长什么，才是最重要的。在探讨去大公司还是小公司实习的问题时，有人认为，去小公司能充分发挥自己的长项，但实际上，作为一个初出茅庐的年轻人，所谓"长项"又能长到哪儿去呢？除非你是个天才，而这个概率并不高。所以，你要考虑的是，在哪里更利于你见识别人的长项，因为那才是你需要自定义学习的内容。

我自己就有过这样的经历。我刚到央视的时候,首先判断了一下,央视的长项是什么。很多人认为,央视的长项在于,那是一个很高的平台,就像一个山顶,还打着探照灯。往探照灯下一站,就能被所有人看见。对不起,探照灯下那个位置,不是你想站就可以站的,主动权不在你。主动权不在你就意味着"自定义"无效。

所以,在寻找平台长项时,一定要考虑自己是否拥有主动权。这时,我发现央视有一个其他平台无法匹敌的优势:它可以让你作为一个独立个体,接触到无数在其他地方或许一辈子也见不到的人,听到太多有意思、有分量、有价值的观点。这件事的主动权在你,只要你愿意去现场,愿意做采访,好像就不太可能被阻止。

我刚到央视的时候,在CCTV-4《中国报道》当记者和编导。这是一个日播栏目,每天30分钟嘉宾访谈。一部分嘉宾是中国顶尖专家,分析国内、国际问题;另一部分嘉宾是司级的部委官员,解读中国重大政策。你想想,作为个体,得是什么身份才能每天见到这种级别的人呢?怎么也得是国家智库吧?但我在自己的工作岗位上,就拥有这样的机会。于是,我启动了我的自定义学习模式。

我的大学主修专业是德国语言文学,工作半年后,我意识到经济学很重要,决定自学经济学。因为栏目几乎每天都邀请经济学家来做嘉宾，我会请他们给我推荐教材。然后，我一边自学，一边做书上的习题。再有经济学家来做嘉宾的时候，我就请他帮我看看题目做得对不对。这是非常重要的自学能力。

现在，我要告诉大家，"自定义"的第一个灵魂问题是什么。当你们去一家企业面试的时候，在被问之余，一定要反问对方一个问题："贵公司的核心竞争力是什么？"因为，这就是你将要主动学习的领域。敢于反问面试官的人，通常会被加分。

灵魂问题之二："请问，你是怎么看我？"

很多人问：成功有捷径吗？常见的回答是：努力就是成功的捷径。但是我还想补充后半句——少走弯路，别掉坑里，就是最重要的捷径。

怎么才能少走弯路呢？我和大家分享两个故事。

前不久，讲述中国女排的电影《夺冠》上映，电影里有我非常非常喜欢的一个人，就是郎平。郎平带领中国女排夺得"五连冠"的时代，正是我的少年时代，也是我的人生观、价值观建成的时代，她对我很重要。

电影里有一个情节，把我深深地打动了。郎平作为中国队主教练，带领女排队员们参加里约奥运会，小组赛第四，这意味着在1/4决赛中，中国队要直接面对一个强劲的对手——当时排名世界第一的巴西女排，而且是在对方的主场。这场仗，实力上有差距，心理上也有落差。到底是输了回家，还是能再往前走一步？女排姑娘们承受着巨大的压力。

比赛前一天，郎平给主攻手朱婷发了一条短信，告诉她："我带过很多运动员，遍布世界各地，你是其中最令我骄傲的一个，只要站在场上，你就是最好的。"此前，郎平曾经问过出身农村的朱婷，为什么要打排球。朱婷先说是为父母，又说是为自己，希望自己成为像郎平一样的运动员。在比赛前夜的这条短信中，郎平又加了一句："你不需要成为我，你只要成为你自己。"

在真实生活中，朱婷的确收到过郎平的这样一条短信，或许言辞上稍有差别，表达的意思的确如此：你很棒，你能行。

接下来，我们在电影中看到，中国女排以3:2赢得了那场艰难的比赛，并且最终拿到了里约奥运会的女排冠军。当时，这是一个任何人都无法想象的结果。比赛结束后，郎平和朱婷紧紧抱在一起……

好了，回到刚才的问题。少走弯路就是最重要的捷径，怎么才能少走弯路？去找你前方的那个"背影"。对于朱婷来说，走在她前面、一路引领她鼓励她的"背影"就是郎平。或许有一天，她会站到郎平身边，甚至还会走到郎平的前面，但是那段被看见、被指引的路途，是特别重要的。

我为什么要讲这个故事呢？因为在我的成长历程中，也有一个非常重要的"背影"，那个人叫白岩松，他能让我少走好多弯路。为什么？人生总有岔路口，总有各种各样的诱惑。比如，曾有一个时期，我和我的新闻同行面临着一个特别大的诱惑："只做新闻吗？不去试一下综艺吗？那个火得比较快。"然后，我看了看我前方的那个"背影"，他根本不为所动，非常坚定地走在新闻道路上。我也就踏实了：跟着他走，不会掉坑里。

2003年春天，"非典"来袭，北京的疫情最为严重，很像2020年2月的武汉。5月1日，中央电视台新闻频道正式开播，台里决定每天都做有关"非典"的直播。新闻频道正式开播之前，我们新闻部门要做一场直播，是要反复排练的。主持人要说的每一句话，每一个镜头表现，都有严格的剧本和分镜头本。主持人只要照章执行、临场不乱就好。

但是，5月1日之后，实际状况却是这样的：

第一天，原定直播3小时，我们准备了一个3小时的流程单，但是即将结束时，我的耳机里突然响起导播的声音，"领导说很好，播下去。"我问："播多久？"导播答："不知道，先播着。"

　　第二天，开播前5分钟，耳机里又传来导播的声音："泉灵，嘉宾被留在国务院开会，暂时来不了。"要知道，对于直播主持人，嘉宾是我们的主心骨。任何时候，如果你脑子突然空白，都可以扭头问他："您怎么想呢？"由此为自己赢得两分钟重新思考的时间。我问导播："他什么时候来？""不知道，你先说着。"

　　就这样，原定3天3小时的直播，变成了11天，每天只知道什么时候开始，不知道什么时候结束，不知道有没有嘉宾，不知道下一条片子什么时候来，是什么内容……此前，我在工作中遇到过不少难关，但堪称"打仗"的，这是头一回。

　　就在这个"打仗"的过程中，有一天，我给电视机前的观众讲了一个真实的故事：

　　北京304医院是当时集中收治"非典"患者的定点医院，位于阜成门外，天气好的时候，向西可以遥望北京的香山。由于病毒凶险，每一批医生护士投入救治工作之前，是要以"敢死队"之名宣誓的。其中一位女医生临上"战场"，与家人约定，每天下午2点，她会站在304医院一个向西的阳台上，冲着香山招手。而她的丈夫儿子也会在这个时间爬上香山，朝着304医院的方向招手。那时没有微信，也没有视频电话。女医生和这对父子始终坚守着这个约定，相隔20公里，每天下午2点，一个冲西，一个向东，彼此看不见，招手……

这个故事我曾与同事分享过很多遍，但那天在直播间，讲到最后——我是一个泪点非常高的人——依然哽咽了，眼泪没有流出来。

直播结束后，我接到一个电话，是白岩松打来的。他说："泉灵，一个好的主持人不是表演者，而是表达者，这一点你早就会了；但是你要知道，真正的表达者，每一句话都不是通过流利的语言组织完成的，而是从心里淌出来的；以前我一直觉得你隔了一层窗户纸，但是今天，那层窗户纸破了。恭喜你！"

如果没有亲自经历过，你很难想象在职业道路上，有人给你发这么一条短信，打这么一个电话，对自己来说意味着什么——这就是"背影"的价值，从一个自己信任的人那里，得到了一个"我也可以"的确认。这是人生中非常非常难得的礼物。

所以各位，在你们的人生路途上，努力去寻找这么一个"背影"。或许不是每个人都那么幸运，会遇到一个主动给你发短信的郎平，或一个主动给你打电话的白岩松，但是你可以主动。如果这个"背影"不仅可以让你跟随，还会偶尔转身向你伸出支持的手，请珍惜他，并记得时不时向他发问："请问，你是怎么看我？我有一层没捅破的'窗户纸'吗？我的差距在哪里？你看到我的变化了吗？"你问得越多，他对你伸手的机会就越多。

当然，看到这儿你可能会说："你有这么好的'背影'，可是也没跟他走到底啊。"对，别忘了我刚刚提到的第一个灵魂问题，有关"平台的核心竞争力"。跟随我的"背影"走到半途，我问自己："当下的中国，最有竞争力的地方在哪里？"我的答案是产业互联网，这就是我后来换了一个阵地的理由。

作为思考工具，"灵魂问题"是可以随时用来向自己提问的，不分顺序。

灵魂问题之三：我要什么？为什么？

在四个灵魂问题中，这几乎是最最重要的，弄清楚自己要什么、为什么，你才能够"自定义"呀。但是，提问容易，回答却不见得容易。很多人问自己"要什么"的时候，想到的不是真正发自内心的答案，而是被别人的信念、期待和要求包装过的答案。比如：如果我要这个，别人会怎么看？爸妈会怎么看？这符合社会上公认的成功标准吗？所以回答这两个问题的时候，一定要告诉自己，我要什么，为什么，完全由我的内心决定，与外界的标准无关。

我是1998年开始当上主持人的，之前的半年，一直在做

记者和编辑。但是即便我当上了主持人，也从来没有放弃过记者和编辑的工作。在当时的演播室主持人当中，我是最爱去现场的那一个。

别人为什么不那么爱去现场呢？因为从外部评价标准来看，演播室就是"最高平台的聚光灯下"啊，能被千千万万人看见。而去新闻现场，一条新闻短则1分钟，长则5分钟，还得来回出差，性价比实在不高。

但我为什么爱去现场呢？还记得第一个灵魂问题吗——央视哪里最有竞争力？它可以让我去各种如果没有这个身份就去不了的地方，那么我当然要去现场。这就是自己定义的"要什么"，而不是别人定义的。我非常明确：我要去外部，我要去现场。

接下来，我还自定义了"成功"的标准。什么叫成功？

当你做了一个节目，是得到观众的夸奖重要，还是得到系统内部的认可重要？通常情况下，面对镜头的人，都会觉得屏幕外的观众对自己的认可是最重要的。但是我想清楚了一件事。对直播而言，现场记者是一个团队工作的状态，一个人好不是好，整场节目好，才是真的对观众好。在这个意义上，系统安全比个人表现重要。既然如此，那么毫无疑问，得到团队内部的好的评价，比得到观众的高度认可要来得重要。

有了这样"自定义"的成功标准，我的具体行动也会以此为准则。比如，在直播即将结束的时候，我的结束语都说一半了，耳机里突然传来导播的声音："后面的片子没了，再说3分钟。"

我是说，还是不说？按道理讲，我可以不多说那3分钟，我可以说完结束语就不管了："我们的报道就到这里，稍候我们会继续为大家介绍这里的情况。"

但是，导播会怎么样？愤怒的情绪先不说，他要立刻想办法救急：播一个广告，或者播一段片花。你这么"玩儿"他一次可以，两次三次，他还愿意跟你合作吗？不会了。你还会有机会吗？不会了。

所以，我作为主持人，既然想清楚以上两个问题，就非常清楚自己该怎么做选择了。第一，我选择去现场，因为这是央视给予我的最有价值的学习机会，尽管出名不是最快，却能让我的人生变得最丰满。第二，我选择优先赢得系统内部的肯定。观众的认可不是不重要，但观众要的是整体结果，而不是对我一个人的印象。唯有做好团队工作，才能营造出最好的整体效果。

面对每一次人生选择，想清楚自己要什么，并且落到实践上，才能让生命活出最大的潜力。职业生涯后半程，我决定离开央视，换一种活法，去做公司，去做投资。我为什么会做这件事情？从外部评价标准来看，似乎有点得不偿失。央视的主持人，已经拥有很高的话语权和比较大的社会影响力，为什么要另起一行、从零开始呢？

从零开始，本质上意味着很多事情你肯定不如别人。离开央视的前6个月，我流的眼泪比过去10年流的眼泪还要多，而且流泪的原因在我过往的人生中几乎已经碰不到了，叫作"我怎么会这么笨"！

在央视的时候，任何不知道的事，我都知道找谁求助。比如明天的节目要讲量子物理，我当然不懂，但我知道找谁——中科院啊，中科院总有人能把这事儿给我讲明白。

但是等到做投资的时候，我连最简单的行业通识都不懂，也不知道该向谁求助。比如，公司的利益偏向到底怎么设？不同的利益诉求有不同方案设置，找律师之前，我需要先把它想清楚。但是我不知道。这是一个多笨的事情！通常，眼泪都是这么流下来的。

当你迈出你的舒适圈，当然是要付出代价的，代价就是你要从一个很高的位置重新来过。但是，我又觉得它是有好处的，因为它让我的人生道路变宽了，观察世界的维度变多了。在央视做媒体人，能看到这个世界的广度，而创业能够让你体验一种为自己竭尽全力的深度。深度乘以广度，最后的结果才是你的人生。

所以，对我来说，"要什么"和"为什么"这两个问题的答案是非常清楚的。我要探索的，无非是通过怎样的路径才能抵达，以及一旦学会了这个方法路径，还能用在其他什么地方。

清晰的"自定义"是一切行动的前提。如果那个清晰的答案暂时没有浮现，你也可以试着做这两件事：

第一，从高处看看。站在一个比较高的平台上去观察这个世界，这个平台，包括一些优秀的人的观点，一些别人的经历，世界变化的趋势……只有时间线放得足够长，视角抬得足够高，你才能"一览众山小"，找到自己的坐标。

第二，往暗处看看。我经常问自己，如果想要做这件事，最大的坑是什么？我能接受自己掉进坑里再爬出来吗？如果能，就去做。没有什么是完美的。买了一台洗衣机，就不能指望它发挥冰箱的作用。我们不能什么都要。

当你能够清晰地定义自己时，你会坚定，会发光，会有很强的幸福感，会让周围的人都感受到你的力量。

灵魂问题之四：我竭尽全力了吗？

第四个灵魂问题，从我儿子的故事讲起。儿子12岁生日时，我决定送他一份生日礼物：带他一起登顶非洲最高峰——乞力马扎罗。乞力马扎罗国家公园允许登顶的最低年龄就是12岁。

为什么要做这件事情？因为我觉得，现在的年轻人获得一切都太容易了，所以失去的时候也不可惜。东西丢了就丢了，钢琴不学了就不学了。在我儿子12年的成长过程中，我从没见过他为了什么事情去拼尽全力，也没有什么事情需要他去拼尽全力。

我们这一代家长对孩子真是保护得太好了。很多人会想，我们自己这么拼，不就是为了让孩子们少受点儿罪、多点儿选择、多一些安全感吗？可是，我通过观察得出一个结论：孩子们并不领情，他们没有拼搏就得到很多，但他们没那么高兴。我们自己的很多高兴，都是拼命之后换来的高兴。

登顶乞力马扎罗需要连续攀登5天，途中有4个营地。

从 3700 米营地走到 4700 米营地，海拔高度上升 1000 米，大概需要 10~12 小时。我的高原适应性非常好，但我儿子会有一点高原反应，所以在 3700 米营地的那晚，他已经没办法睡得很好，也基本上没什么胃口了。我只能告诉他，必须吃，必须睡，这样才能攒足体力继续走。

快要抵达 4700 米营地的时候，他出现了第一次肌糖原和肝糖原完全耗尽。糖是身体的燃料。平时我们跑步，大约 30 分钟后，血糖就基本耗尽了，然后开始燃脂，由肝脏把脂肪和蛋白质分解成新的糖原，供给大脑和肌肉使用。但是如果消耗速度超过了肝的分解速度，你就和一辆完全没油的汽车或一部完全没电的手机是一模一样的。

所以，当我在 4700 米营地等他的时候，他距离我只有 10 米，就是走不过来。我不过去接他，就等着他一步挨一步地走过来。真正的挑战才刚开始，容不得心疼。4700 米营地不能过夜，只能睡大约 2 小时，然后从半夜开始登顶。为什么呢？为了安全。

乞力马扎罗是一座位于赤道的、海拔接近 6000 米的高峰，这意味着到了下午，山上会有强对流天气，会下雨，而那样的地方一旦下雨，人会被冻死的。所以，我们只能从半夜开始向上攀登，凌晨时分登顶，在上午 10 点左右开始往下撤。这样才是安全的。

登顶前夜，我对儿子的教练说："请你确保他的安全。在安全的前提下，登顶与否，你不定，我不定，让他自己决定。"之所以说这番话，是因为我跟儿子是分开走的，我们有各自的教练。不是我狠心，这也是为了安全。每个人的体力分配不一样，如果我一开始的速度比他快，会破坏他的节奏，他是有风险的。

在登顶过程中，我作为一个高原适应能力非常好的人，也在最后3小时里，先后遭遇了3次肌糖原和肝糖原的耗尽。因为我比较怕冷，在寒冷天气的刺激下，血糖消耗很快。这个"耗尽"是什么样的感觉呢？就是我感觉紫外线太强，脸要被晒坏了，我有一支防晒霜在兜里，就是没力气掏出来。

这个时候，教练会毫不犹豫地将一根带着冰碴的能量胶挤进你嘴里，就像在一簇快要熄灭的火上迅速添了一把酒精，你又燃起来了。连续三次被强制"燃烧"之后，我登顶了。接着，我做了一个妈妈要做的事情，就是在那个特别特别冷的山顶，等了我儿子2小时。我其实不知道他会不会上来，我要等等看。

所以最后，当我看到儿子的橙红色身影慢慢向我靠近的时候，我是掉眼泪的，因为他自己上来了，我想做的事情做到了。我后来问过他，为什么决定上来。他说："我到这儿来，不就是为了登顶吗？"

更加欣喜的事在后面。下山途中，儿子一直走在我的前

登顶的儿子已经累到站不起来，对拍照毫无意识，在人生中的辉煌时刻留下个这么"惨"的形象。但我相信那种快乐和自信会永远刻在他的脑海里

面。要知道，从3700米营地出发，到登顶后再回到3700米营地，是长达36小时的"噩梦"。首先，我们要用12小时从3700米到达4700米，休息2小时，再用6小时登顶。我在山顶上等他，又冻了2小时。然后，用将近2小时撤到4700米营地，在那里只能休整1小时，不能更长，因为体力已经消耗殆尽，留在那个海拔高度是有危险的。再累，你也得咬牙坚持着，继续走10小时，回到3700米营地。

从4700米营地往下撤的时候，我感到自己精力耗尽了。我在心里呐喊："有滑竿吗？谁能把我抬下去吗？"而在那段路途中，儿子走得特别快，一直遥遥领先。那一刻，我感受到一个12岁男孩完成了一场高难度自我挑战后的自信和快乐，这种快乐，是我在他身上从没见过的：你拼尽全力，你赢了，你知道自己可以，所以你快乐。

现在，儿子上九年级了，他的老师让每个家长给孩子录一段短视频。我在视频里对他说："人生路上远不止一座乞力马扎罗，记得当时你怎样拼过，你下山的时候有多快乐，九年级这一年，也是一样度过。我还是那个在那儿等你的妈妈，我为你提供一切后勤保障，是上还是下，你自己决定。我唯一的愿望是，下回再登上一座山顶的时候，你的姿势可以好看一点吗？"

所以，"自定义"的第四个灵魂问题是：我竭尽全力了吗？我拼过吗？我体验了拼搏换来的自信快乐，由此确认"我可以"吗？

　　好，灵魂四个问题集齐了：平台的核心竞争力何在？请问，你是怎么看我？我要什么？为什么？我竭尽全力了吗？

　　这就是我今天分享给大家的所有的内容。谢谢大家！

武汉传媒学院

2020 年 11 月 4 日

09 | 金一南
从"东亚病夫"到民族复兴

支撑国家和民族脊梁的,往往不在多数,而在少数。多数人因看见而相信,少数人因相信而看见。没有这些"关键少数",满盘皆输;有了这些"关键少数",国家、民族一定有复兴的一天。

金一南

国防大学教授,中国人民解放军少将军衔,主要研究方向为国家安全战略。
著有《心胜》《苦难辉煌》《浴血荣光》等。

今天这个题目，从"东亚病夫"到民族复兴，对大多数年轻人来说可能都是陌生的，因为你们的经历还太少。所以不妨从大家都熟悉的一个词"不忘初心"讲起。初心是什么？我们从哪里来？这是个很大的问题。

我们从哪里来？

我们从哪里来？我们从一个"旧中国"来，从1840年以后悲惨动荡的局面走过来。

第一次鸦片战争，大英帝国有多少东西？不过是28条军舰，15000人的军队，就逼迫我们签订了《南京条约》，割让香港，赔款2100万银元。紧接着，1860年第二次鸦片战争，英军18000人，法军7200人，长驱直入北京首都，杀人放火，将圆明园付之一炬。

先是打不过西洋，而后又打不过东洋。1894年甲午战争，一纸《马关条约》，空前的割地赔款。辽东半岛、台湾被割让，赔款2亿两白银。"东亚病夫"之名就是这么被扣上的。当时在北京的英国人李欧尔卡克讲了一句话："这是中国向全世界打出广告——这里有一个愿意付款，但不愿意战争的富有的帝国。"

你看，外国人对我们的认识和概括，颇像今天网上流传的段子："人傻钱多，速来。"当时的中国，是他们最好的打劫对象。

近代以来，我们自己总结出一个命题，叫"落后就要挨打"。因为落后，所以挨打。真是这样吗？你看大街上的乞丐，穷得一无所有，有人打劫他吗？真正遭抢的是什么人？既有钱，抵抗力还差，不抢你抢谁？一旦遇到事，只想着花钱消灾，结果就是灾难接踵而至。

到了1900年，"八国联军"入侵北京。我们经常说，八个国家联合起来打我们，我们怎么打得过？但是历史就怕细究，你知道"八国联军"总共来了多少人？日军8000人，俄军4800人，英军3000人，美军2100人，法军800人，奥地利军队58人，意大利军队53人。

1900年8月3日，他们从天津向北京出发。请注意，以上只说了"七国",第八个国家呢?还有7000名德军在海上,来不及赶到,其余七个国家已经等不及要向北京进攻了。

京畿一带的兵力怎么样?清军大约十五六万,义和团团民还有五六十万,也就是说,要论人数,我们的兵力相当于"八国联军"的几十倍。可是,仅仅十天以后,"八国联军"就攻陷了北京。当然,他们攻陷北京之后增兵了,但真正把北京打下来的就是这一万多人。

我们反复声讨帝国主义嗜血成性、侵略成性,却很少检讨自己为何衰弱至此?当年的澳门报纸上有篇评论称,"中国之装备,普天之下,为至软弱的极不中用之武备;其所行为之事,亦如纸上说谎而已;其国中之兵,说有七十万之众,未必有一千人合用。"平常领饷的人很多,穿制服的人也很多,关键时刻顶用的力量却很少。

近代以来,中国军制变化频繁。十六万八旗[①]骑兵入关,把六十万明军打得落花流水,入关以后腐朽了,骑射不行了,改架鹰溜鸟了;汉族军队组织绿营,对付不了"太平天国";曾国藩的湘军、李鸿章的淮军,败于甲午战争;袁世凯的"小站新军",北洋六镇,陷入军阀混战;再往后是蒋介石的黄埔党军……

没有一个时代像近代中国这样,军制变化如此频繁。为什么不断地变换军制呢?就是想建立一支能够捍卫国家、民族

---

① 八旗:清代旗人的社会生活军事组织形式,也是清代的根本制度。

的利益的军事力量，而始终不可得。发动"辛亥革命"的孙中山，当年的革命纲领就是"驱除鞑虏，恢复中华"。孙中山的想法是，只要推翻大清王朝，中华就恢复了。可是大清王朝被推翻以后，中华恢复了吗？孙先生1925年去世，他再也看不见后来的事。

短短数年之隔，1931年"九一八事变"，19万东北军，打不过不足2万的日本关东军，两天丢掉奉天，即今天的沈阳城，一周丢掉辽宁，两个多月后，东北三省全部沦陷。

1937年"七七事变"，宋哲元率领的国民党29军，10万兵力，对抗日本华北驻屯军——最高统计人数为8400人，日本人自己统计为5800人——短短一个月，华北沦陷。

位于北京的卢沟桥抗日战争纪念馆，参观者络绎不绝。在我们声讨日本帝国主义侵华罪行的同时，如果有一个不懂事的孩子，问我们这些懂事的大人："中日两国之间的战争为什么在卢沟桥爆发，而不是在边境爆发？"我们该怎么回答？

中国有句老话："卧榻之下，岂容他人酣睡？"而当时的情况是什么？卧榻之下，他人长期酣睡！"九一八事变"爆发的沈阳城，"七七事变"爆发的北京南部宛平城，都是日军长期驻扎的地点。直到最后，才同鬼子拼命。事态是怎么发展到这一步的？不值得我们深刻检讨吗？

今天还有一些国内的学者说，"中国人的历史包袱太重了。忘记过去吧，轻装前进。过去的永远过去了。"问题是，真的永远过去了吗？

南京大屠杀，杀了三十万中国人，日本人至今不承认。他们的说法是，南京城的居民不过将近四十万，我们能把所有人都杀了吗？日本人回避一个基本事实：三十万被屠杀的人中，军人占了十万以上。

但还有另外一种说辞：进攻南京城的全部日军不到七万人。且不说国军部队多少人撤退、逃跑、转移，来不及跑的，被日本人捂在南京城内的，比进攻南京城的日军还要多！人多枪多就是力量吗？

南京大屠杀的罪魁之一——日军第16师团长中岛今朝吾在日记中写道："不断有以一千人、五千人、一万人计的群体投降，连武装都来不及解除。不过，他们已完全丧失了斗志，只是一群一群地走来。他们现在对我军是安全的……"

我们一万人带着武装，日本人都不害怕。因为他们不是来战斗的，他们是来缴械的。可是，投降就能活命吗？

中岛日记中写："仅佐佐木部队就'处理'掉一万五千名中国人。守卫太平门的一名中队长'处理'了一千三百人。在仙鹤门附近集结的，还有七八千人，'处理'这七八千人，需要一个大壕，但很难找到。于是，将他们分成一两百人的小队，领到适当的地方加以'处理'……"

这是一个什么样的图景？一群任人屠宰的羔羊，伸着脑袋等别人砍。当年出现这个局面,核心原因不是普通战士和一般民众,而是国民政府的领导者。

抗战期间,国民党副总裁汪精卫以下二十多位中央委员投敌,58位将官投敌,一些部队成建制哗变。1937—1945年,协助日军作战的伪军人数高达210万,超过侵华日军数量,使中国成为"二战"中唯一一个伪军数量超过侵略军数量的国家。

汪精卫、陈公博、周佛海、王克敏、殷汝耕、梁鸿志、王揖唐、齐燮元,这些投敌者,都是国民政府的党政精英。

日本人多么方便。不用招募,不用装备,不用训练,来了就用。

这是什么现象?集团性的精神沉沦和人格沉沦。历史上这种现象比比皆是。

他们天生就是坏人吗?比如"头号汉奸"汪精卫,曾是孙中山先生的遗嘱起草人,"革命尚未成功,同志仍需努力"也出自汪精卫。1908年,慈禧去世,光绪去世,立了个三岁的小皇帝宣统。汪精卫带人潜入北京,刺杀当时的行政最高领导——摄政王载沣,以唤起革命高潮。那是死罪,但汪精卫抱定了必死的决心。当然,他们志向很大,动手能力很差,刺杀的执行过程中出了问题,最终被捕。

汪精卫在狱中赋诗一首:"慷慨歌燕市,从容作楚囚。引刀成一快,不负少年头。"这诗传到狱外,多少革命志士感动得痛哭流涕。汪精卫太英勇了，不但感动了革命志士，还感动了清朝的王公贵族——肃亲王善耆。善耆年轻，又是开明派。他劝摄政王载沣放过汪精卫，反正行刺失败，你毫发无伤。摄政王载沣很欣赏善耆，便同意不杀汪精卫。善耆进一步建言，不如把他放了，特赦，以彰显大清王朝皇恩浩荡。摄政王载沣又被他说服了，释放了汪精卫。

临走之前，肃亲王善耆对汪精卫说，你们的革命当然是有原因的，因为清朝太坏了，但假若你们革命成功，我看你们也强不过我们多少。被他不幸言中——"革命"成功了，汪精卫成了"党和国家领导人"，善耆被扫地出门，然后汪精卫成了大汉奸。是谁毁了汪精卫？我说，就是善耆把他毁了。不如当年就让摄政王载沣把汪精卫杀掉，我们今天还多了个可歌可泣的革命烈士。

我们再看鲁迅的亲弟弟周作人。毛泽东说"鲁迅的骨头是最硬的"，他的同胞兄弟怎么却成了中华民族中骨头最软的？面对日本侵略，很多知识分子在《救国宣言》上签字，周作人不签。"七七事变"后，北大撤离北平，周作人不走。不签，不走，可以，但你别跟着日本鬼子干啊。

连劝诱周作人出任伪职的日本人都感到意外。最初，日本人以为周作人不会放弃文人的清高，出任伪职的可能性只有1%。他们也并不打算勉为其难，只要留在北平教书，就算对日本人的支持了。没想到周作人欣然接受，出任伪华北政府教育总署督办，跟随汪精卫访日、访伪满洲国，发表演讲和广播讲话，慰问日本伤病员。

抗战胜利后，周作人被国民政府判处死刑，很多北大同仁到监狱探望，说，作人兄，你怎么干这种事呢？周作人说，就算死了很多文天祥又于事何补呢？我不希望中国再出文天祥。

没有人要求一介书生必须"留取丹心照汗青"，可是，不当文天祥就得当汉奸吗？只有这么两条路？在那个纲常错乱、廉耻扫地的年代，清华大学教授俞平伯仰天长叹：我们的英雄不知在何处！

多数人因看见而相信，少数人因相信而看见

国家、民族到了危难时刻，无人挺身而出，无人横刀立马，都是"好汉不吃眼前亏"，都是"人在屋檐下，哪能不低头"，都是"识时务者为俊杰"，都是"心字头上一把刀，忍了吧"……这种文化对我们侵蚀太深。

也正是在国家最黑暗、民族最无望的时候，中国共产党应运而生。

抗联第六军总司令杨靖宇，中共党员，抵抗到最后剩自己一个人，也坚决不投降，干到底。日本人对杨靖宇佩服得不得了，把他形容为"大鸵鸟"，人高腿长，在没膝的雪地上三蹦两蹦就跑掉了，根本抓不住。关键是，他懂得在不同的地方布置"密营"，小木屋，里面有粮食，有柴火，保证冻不死饿不死。但是这样一个出神入化的人物，最后死在了四个叛徒手里。

第一个叛徒程斌，抗联第一军第一师师长，杨靖宇最信任的得力助手，1938年7月率部投敌，组成"程斌挺进队"，捣毁了杨靖宇的全部"秘营"，把他逼入绝境。

第二个叛徒张秀峰，军部警卫排长，父母双亡的孤儿，被杨靖宇抚养成人。1940年2月，携带机密文件、枪支及抗联经费，叛变投敌，向日军提供了杨靖宇的突围路线。他是杨靖宇的贴身警卫，他叛变后不久，杨靖宇就牺牲了。

第三个叛徒张奚若，抗联第一军第一师特等机枪射手，叛变后在伪通化省警务厅厅长岸谷隆一郎的命令下，开枪射杀了杨靖宇。

第四个人，很难说是不是"叛徒"。他叫赵廷喜，蒙江县保安村村民。杨靖宇逃跑途中，几天没吃饭，棉鞋也跑丢一只，遇见赵廷喜和另外两个砍柴的老乡，就跟赵说，下山帮我买双棉鞋，再买几个馒头，还特意叮嘱他不要告诉日本人。结果赵廷喜下山就出卖了杨靖宇的行踪。

杨靖宇壮烈牺牲，日本人说，终于把这个"大鸵鸟"打死了。出卖杨靖宇的,围捕杨靖宇的,打死杨靖宇的,都是中国人,没有灵魂、没有血性的中国人,"跟谁干都是干,混碗饭吃就行"的中国人。

1950年土改,赵廷喜被执行死刑。临被枪毙之前,赵还供述了他当时跟杨靖宇讲的话。他说,看到杨靖宇那个惨兮兮的样子,没鞋穿,没饭吃,脸上、手上都是冻疮,他劝杨,就剩你一个了,能打得过日本人吗?我看还是投降吧,如今"满洲国"不杀投降的人。

赵廷喜哪里知道,如果杨靖宇投降,日本人会让他出任伪满洲国军政部长,利用杨靖宇的影响,摆平整个东北抗联。

最后时刻,杨靖宇对赵廷喜说了什么呢?他说:"老乡,要是中国人都投降了,还有中国吗?"这句话撼天动地,就像抗战中的地质学家丁文江[1]所说的一样,"只要少数中的少数,优秀里的优秀,不肯再坐以待毙,这个民族就有希望。"

支撑国家和民族脊梁的,往往不在多数,而在少数。没有这些"关键少数",满盘皆输;有了这些"关键少数",国家、民族一定有复兴的一天。

以杨靖宇为代表的共产党人,就是这样的关键少数。当年那批年轻人,年纪轻轻就干大事,踏上中国历史舞台。一无资源,二无名望,三无影响,四无地位,就是一腔热血。

---

[1] 丁文江:中国地质事业奠基人。

李大钊37岁英勇就义；毛泽东34岁上井冈山；朱德30岁成为护国名将；周恩来29岁主持南昌起义；博古24岁出任中央临时总负责人；聂耳22岁为《义勇军进行曲》谱曲；红军中最年轻的将领寻淮洲，19岁当师长，20岁当军长，21岁当军团长，22岁牺牲；邹容18岁发表《革命军》，20岁去世，而他写的《革命军》深深感动了中国近代舞台的两个主角——一是毛泽东，读完激动得夜不能寐，二是蒋介石。

你们说这些人，是为了自己先富起来吗？为了光宗耀祖吗？为了扬名立万吗？不是的。在国家最黑暗、民族最无望的时候，有一批年轻人奠定了初心：一定要谋求民族解放，一定要谋求民族复兴。这批人上了井冈山。毛泽东1927年9月9日发动秋收起义，队伍有五千人，等上了井冈山，只剩一千人。

毛泽东当年提出"星星之火，可以燎原"，可不是1949年10月1日站在天安门城楼上看着五星红旗冉冉升起的时候，而是新中国成立前整整二十年，在闽西根据地，被国民党压在山沟里，面临着重重困难，武器是红缨枪、"汉阳造"，标准军装都没有。那时他说："星星之火，可以燎原。"

有多少人相信啊？没人相信。当时队伍中的普遍疑问就是"红旗到底打得了多久"？毛泽东回答他们："星星之火，可以燎原。"二十年后，星星之火真的燎原了。受这句话的启发，我在自己那本《心胜》的扉页上，也写了一句话："战胜对手有两次，第一次在内心中。"新中国成立前二十年，毛泽东在内心已经胜利了，所以才有二十年后的胜利成果。

"多数人因看见而相信，少数人因相信而看见。"这句话说的也是同样的道理。一个团体，一定要有愿景，一定要有梦想。如果没有梦想，也就实现不了梦想。不管能不能实现，梦想都能带你走出很远的距离。他内心相信，他最终看见。

美国未来学家阿尔文·托夫勒把人类有史以来的力量形态归结为三种：暴力、金钱、知识。我说，还有另外一种力量形态：信仰。

共产党人，摧枯拉朽，凭的是坚定的信仰。长征就是一种信仰。共产党队伍五次反围剿、两万五千里长征、抗日战争、解放战争、跨过鸭绿江，组织了中国历史上前所未有的一支队伍。这支队伍，敢于斗争，敢于胜利，前赴后继，英勇顽强，靠的是什么？靠的不是装备，而是信仰！很多欧洲青年到中国来，重走长征路。两万五千里长征绝不仅仅是中国共产党的，中国革命的，它同时是人类的。

就有这么一伙子人，历经万险千难，万水千山，围追堵截，为了追求心中的梦想，爬雪山，过草地。它成为中华民族乃至全世界、全人类的一种图腾！

我们要到哪里去？

历史上的中国革命，洋务运动也好，戊戌维新也好，孙中山领导的辛亥革命也好，毛泽东领导的新民主主义革命也好，到底为了解决什么问题？

《中国近代史》中有个著名的"蒋廷黻之问"：近百年的中华民族根本只有一个问题，那就是中国人能近代化吗？能赶上西洋人吗？能利用科学和机械吗？能废除我们的家族、家乡观念，而组织一个近现代民族国家吗？

如果能，民族前途是光明的；如果不能，民族是没有希望的。

谁能解释这个问题？谁能让中国近代化，谁能让中国人赶上西洋人，谁能让中国废除家族、家乡观念，组织一个近现代的民族国家？

回答这些问题的资格，历史将其留给了中国共产党人。新中国的成立，就是对"蒋廷黻之问"的有力回答。中华民族历史上第一个持续、完整、繁荣、独立、昌盛的近现代民族国家，就是中华人民共和国。

鸦片战争以来，中华文明一直在与西方文明抗争，且节节败退，直至国家几近灭亡，文明几乎断裂。近代以来，我们器不如人、制不如人、思想文化不如人，"外国的月亮就是圆"。而新中国的诞生，使中华文明在政治上摆脱了颓势，建立起一个独立的政治架构；跨过鸭绿江，则使中华文明在军事上摆脱了败势。

今天，对"跨过鸭绿江"持否定态度的人不少，说什么"不跨过鸭绿江，我们早改革开放了，和美国早搞好关系了"。但是，说这话的人想过没有，跨过鸭绿江意味着什么？这是中国共产党领导的新中国政府，对中华民族1840年以来遭受的苦难沧桑的第一次交代。

1840年以来的历届中国政府，要数新中国政府最勇敢、最顽强、最富斗争精神和牺牲精神。保家卫国，出境作战，绝对不能让威胁蔓延到国内。

1950年6月25日，朝鲜战争爆发；9月15日，美军仁川登陆，准备大举北进。我们也不想跟美国打。我们警告美国不要越过"三八线"。可是麦克阿瑟坚决不信，认为中国人不过是虚声恫吓。

美军通过空中侦查，已经发现中朝边界有三十万大军集结，美国总统杜鲁门非常担心中国出兵，专程飞到威克岛与麦克阿瑟会谈。麦克阿瑟却信心满满，让总统放心，中国人不会出兵。理由是什么？第一，他们在近代史上没打过一场胜仗，不敢过来。第二，中国人的传统战略思维，无外乎修长城，不让敌人进来，再就是诸葛亮的"空城计"，城里没有一兵一卒，虚张声势把敌人吓跑。

杜鲁门总统对麦克阿瑟的分析信以为真，信心满满地回去。9月25日，总参谋长聂荣臻再次发出警告，"美军过线，中国绝不会置之不理"，美国人仍然无动于衷。10月3日凌晨，周恩来紧急约见印度驻华大使潘尼迦，要他传话，"韩军过线我们不管，美军过线我们要管。"

为什么要请潘尼迦传话？因为我们跟美国还没有建交。为什么10月3日凌晨紧急约见，因为10月2日晚上，政治局会议做了出兵的决定，10月3日凌晨是最后避免与美国碰撞的机会。

新中国刚刚成立，百废待兴，长期作战的军队急需休整，我们真的不想打。潘尼迦也知道事情重大，将消息准确地传过去了。

10月3日下午，美国国务院予以非正式回复："这种讲话缺乏法律和道义根据，你们根据在哪里？你们凭什么管呢？"

10月4日，美国国务院给予正式回复："不要低估美国的决心。"

10月7日，不是麦克阿瑟下令，而是美国总统杜鲁门下令，命令美军越过三八线，直扑平壤。于是10月8日，毛泽东下令，命令中国人民志愿军迅即向朝鲜境内出动。中美两军在朝鲜半岛迎头相撞。

很多年以后，我们访美，或者美军人士访华，我们反复表达这个意思：当年我们不想跟你们打，一而再、再而三地警告，是你们一而再、再而三地往上贴，逼得我们实在没有退路，只能跟你们打。

美国人后来不承认事实，反过来怪我们"信息传递不清"：你们光说"美国过线，我们要管"，这个"管"（control）是什么意思？你们应该准确地表达，"美国过线，我们就出兵"。那我们就明白了嘛。

实际上，美国人是揣着明白装糊涂。聂荣臻已经讲得很清楚，"美军过线，中国绝不会置之不理"。这不是翻译不清楚的问题，而是在美国人心目中，中国人从来没管过什么事，更没管成过什么事。

这就是抗美援朝，我们第一次让美国人意识到新中国和旧中国的分界线。

以1949年为界，我们国力增强了吗？其实没增强多少。但是领导班子换了，执政者换了，国家意志变了，再也不会忍到"九一八事变"，忍到"七七事变"，而是出境作战，保家卫国。

1997年，我在美国国防大学学习期间，在胡柏中校的陪同下，参观西点军校。胡柏中校1997曾任美国驻中国大使馆的陆军副武官。在西点军校校史馆内，我们看见了上甘岭597.9高地和537.7高地两个模型。胡柏中校跟我说，他上学时学过这个战例，两个高地，只有两个连守卫，美军七个营轮番进攻，攻不下来。他说他当时不明白原因，问了教官，教官解释半天，也没有解释明白。

看看旧中国，第一次鸦片战争，英军1.5万人，把我们打成这样；第二次鸦片战争，英法联军2.5万人，把圆明园都烧了；然后"八国联军"一万多人把北京荡平。而现在，美国人开始反问：为什么七个营夺不下两个连守卫的阵地？

中国人凭什么自立于世界民族之林？凭语言吗？日本京都大学的教授说，1949年，毛泽东在政治协商会议上宣布"中国人从此站立起来了"，周围的日本人一个相信的也没有。但是1950年，中国出兵朝鲜，而且把联合国军从北面压到南面，真让他们吓一跳——日本人最怕美国人。他们这才相信，毛泽东的话是可信的。

中国共产党是中国近代以来所有政权中，最坚决、最英勇、最顽强、最有效地维护中华民族安全的一个，让中国人从此扬眉吐气地做人。美国人说，从中国人在整个朝鲜战争期间显示出来的强大攻势和防御能力之中，美国及其盟国再清楚不过地看出，共产党领导的中国已成为一个可怕的对手，再也不是"二战"时那个软弱无能的国家了……

一个国家、一个民族必须经历这样的精神洗礼！

新加坡前总理李光耀曾是英国剑桥大学本科生，他在回忆录中写道："朝鲜战争后作为亚洲人的我，在英国时腰杆才直了些，朝鲜战争前我在欧洲旅行，人们常对华人持歧视态度，可是中国出兵朝鲜并接连获胜后，西欧海关人员一见华人，都肃然起敬，从此我也开始认真地学习汉语。"

一个国家、一个民族必须经历这样的精神洗礼！中国真正融入世界，不是2001年加入"世贸"，而是1950年志愿军跨过鸭绿江。没有中国的参与，若干问题解决不了。

再给大家举个例子，2005年，时任美国国防部长拉姆斯菲尔德访华。拉姆斯菲尔德七十多岁，性格"唯我独尊"。他1999年上台，恰逢南海上空中美撞机事件，他宣誓绝不到中国访问。可是2005年，小布什总统让他来，他不得不来，来了以后也摆出一副"老子天下第一"的态度。

八一大楼前，乐队高奏两国国歌，拉姆斯菲尔德把身体转向一边，说他只向美国国旗致敬，严重的外交失礼。首次访华，他提出的参观清单也很有意思。不是大熊猫，不是万里长城，也不是兵马俑，而是：第一，要看北京西山地下指挥所——这个当然不能让他看，我们的解决方案是把他拉到西山附近的解放军军事科学院座谈，也算到西山了；第二，要看第二炮兵司令部，我们同意了，于是拉姆斯菲尔德成为参观二炮司令部的第一位外国来宾；第三，要看苏-27生产线，由于种种原因，最后没去成；第四，要看陆军第39集团军①。

为什么要看陆军第39集团军？1950年11月1日②，志愿军第39军和美国陆军第一骑兵师在朝鲜半岛迎头相撞，那是中美两军第一次交手。五十多年后，美国的国防部长要来看一看，当年跟美军打第一仗的部队，今天是什么样。

那是一场意外的遭遇战。志愿军出国，先打南朝鲜伪军，不打美军，伪军好打嘛。志愿军以为当面之敌是南朝鲜伪军，美军以为当面之敌是被击溃的北朝鲜军队，彼此都小看了对方。11月1日晚上7点，摸着黑开打，打了三个小时。双方互有俘获，通过审讯才发现两支军队的真实身份：美国陆军核心主力第一骑兵师，和中国人民解放军核心主力——志愿军第39军，前林彪东北野战军第二纵队。

美国陆军参谋长约瑟夫·柯林斯战后回忆，"骑一师"师长盖伊在云山咽下了他在朝鲜战场上的"第一杯苦酒"。"骑一师"登陆朝鲜半岛后，一路所向披靡，但在朝鲜云山绊了个大跟头，被志愿军第39军挡住了。据盖伊回忆：对方部队没有航空火力，没有远程炮火，他们穿着胶鞋，拿着简陋的日本武器作战，作战动作极其勇猛，凭借军号、哨子，吹得满天响，把第一骑兵师两个团穿插分割，切成数块……

---

① 陆军第39集团军：即陆军机械化第39集团军，后文中的"志愿军第39军"为其前身之一，全称为"中国人民志愿军第39军"。
② 1950年11月1日云山战役，中美两军初次交战，中国人民志愿军首次以劣势装备严重打击美军的成功战例。

当然,"骑一师"之勇猛也给我军留下深刻印象。志愿军第39军军长吴信泉回忆:上战场第一口本来想吃肉的,没想到啃上一块骨头。要是国民党部队被穿插分割成这样,早崩溃了,而这帮家伙还在顽强作战……

这就是中美两军的相识,中美两国的相识。不是在外交场合握手举杯,而是在战场上兵戎相见。所以半个世纪过去了,拉姆斯菲尔德还要看看当年与美军交手的部队今天是什么样,念念不忘。

美国建构主义鼻祖亚历山大·温特说:"一个国家在生存、独立和经济财富三种利益之上,还必须加上第四种国家利益,那就是集体自尊。"中国共产党使中华民族获得了前所未有的集体自尊。

改革开放使中华文明在经济上扭转劣势

如果说,新中国诞生使中华文明建立起独立的政治架构,"跨过鸭绿江"使中华文明在军事上摆脱了败势,四十年改革开放,则使中华文明在经济上扭转了劣势。

今天,我们所取得的胜利,绝不仅仅是中国共产党的胜利,也绝不仅仅是中国特色社会主义的胜利,而是中华文明的复兴。中国共产党是排头兵、先锋队,杀出一条血路,实现了这样一个文明的复兴。我们今天讲的"理论自信、制度自信、道路自信、文化自信",与一百年前讲的"器不如人、制不如人、思想文化不如人"已是天壤之别。百年风云,中华民族的命运发生了翻天覆地的变化。今天的中国在世界上还是有点儿地位的,只要说话,不管别人愿不愿意听,都得竖着耳朵听一听。

我们拿数据说话。1978年,中国国民生产总值是3645亿元人民币;1989年,变成16909亿元;到2018年,是90.03万亿元。世界上哪个国家有这种增长速度?

哈佛大学的格雷厄姆·艾利森教授讲,"从未有一个国家如此迅速地崛起。"罗纳德·里根1981年担任美国总统,当时中国经济规模不到美国10%;到了特朗普担任总统的时候,中国经济规模接近美国的70%。一个四十年前与任何国际排名都不沾边的国家,如今跃升至世界经济前列。按照美国人的统计,2007年,美国是130个国家的最大贸易伙伴,中国是70多个国家的最大贸易伙伴;2017年,中国是135个国家的最大贸易伙伴,美国是70个国家的最大贸易伙伴。

中国现在是全球第二大经济体、全球第二大消费国、全球第二大吸引外资国、全球第一大制造国、全球第一大贸易国、全球第一大外汇储备国。这是我们在新中国成立七十年、改革开放四十年之际,取得的成就。

当然，达到这样一个新的地位，随之也产生一个新的问题，是什么呢？我们说"国家经济结构变化导致国家安全结构变化"，也就是出现了很多新的安全问题——我们必须保护日益扩大的经济活动空间，比如，必须保护海上运输通道的安全，必须保护海外资产的安全，必须保护海外资源市场产品市场的安全，必须保护海外侨民劳工的安全，必须保护外层空间、电磁屏幕空间安全和应有的海洋权益安全。

这些全新的安全诉求，毛泽东同志没有面临过，小平同志基本没有面临过。我们必须树立起全新的"战略空间安全观"。过去，只要把领土、领海、领空守好就行了，我们不需要出去。但是现在不行了。2008年，中国人民解放军海军进入亚丁湾常态化巡航，在地中海完成叙利亚化学武器销毁护航。早在毛泽东同志时代，亚丁湾关我们何事？经过亚丁湾的中国货轮一年也没有几艘。现在，经过亚丁湾的中国货轮一年有4000艘，通过马六甲海峡的中国货轮大约一年40000艘，形成了全新的利益。

过去我们讲，绝不建军事基地，而今，我们在"非洲之角"吉布提北部港口城市奥博克的第一个军事基地已经建设完毕。为什么？最核心的理由，是我们要做一个负责任的大国。怎么负责任？得有实力，得有海外支撑点。

2008年，我们的海军开始在亚丁湾巡航，首次派出的169舰在海上连续执勤三个月不着岸，886舰六个月不着岸。舰上的官兵耐受达到极限。人是陆地动物，不是海洋动物，长期在海上漂泊是受不了的。

大家有没有出海的经历？2006年，我参加了中美联合军演，在排水量将近22000吨的881舰上连续航行18天，从青岛抵达夏威夷，与美军太平洋舰队举行海上联合通信演习。

我有一个单独的小房间，是副舰长室。海上航行时，军舰上没有平面，都是斜面。什么意思呢？我上舰时带了一个玻璃水杯，还是当时比较时髦的样式，外面包着塑料套，防烫手。舰队的祝政委说，金教授，你怎么拿这杯子？肯定会摔碎的。果然，第二天就摔碎了，因为桌子是斜的。

走路也没有平面，都是深一脚浅一脚，自己找平衡。吃饭时要把餐盘拉住，不然它就跑了。睡觉时要用后背找平衡，因为床板不停地在动。

永远都在找平衡，找了18天平衡，总算适应了，到夏威夷上岸，又觉得地在动，还得找平衡——海军术语叫"晕岸"。有人说海军纪律差，上岸时都是一帮"醉汉"，这真是对我们的冤枉，一口酒都没喝。

我经历的仅仅是18天海上生活。169舰三个半月不着岸，886舰六个月不着岸，想想舰上的官兵什么感受？886舰政委讲，头一个月开誓师会、写决心书，演出，大家慷慨激昂；第二个月都不吭气了，情绪低落；第三个月，暴躁得要命，做什么思想工作都劝不住。为什么？因为人的耐受达到了极限。

我们后来就找了奥博克基地。真要感谢我们的经济发展，招商局长期租用奥博克基地，可以供我们的886舰靠岸，让官兵轮流上岸，休息两小时。舰队政委说，大家两个小时后回来，红光满面，有说有笑，所有烦恼一扫而光。为什么？接地气了，缓过劲来了。

这就是今天我们需要海外基地的原因。我们需要海外支撑点，保证海军官兵的执勤有效。

也是2006年，在夏威夷和美国西海岸圣迭戈完成军演之后，我们从圣迭戈向加拿大维多利亚港前进，经过北美海域，遇见了前所未有的风浪。美国人知道前面有风浪，劝我们不要走，编队坚决执行计划、按计划走。那场风浪——据东海舰队的一位领导前不久对我说——至今仍是国产舰经历的最大风浪，创下了前所未有的海军纪录。

我当时就在881舰的前舷窗旁，飞溅的浪花打到钢化玻璃上，砸出的爆裂声之大，好像能把钢化玻璃打碎。我拿着小照相机拍摄窗外的景象。拍摄的时候，军舰舰首锚链舱的钢化玻璃被打碎，涌进30吨海水，无法救援。机关炮上的厚帆布炮衣被撕成碎片，2厘米厚的钢板弹药箱被巨浪打得弯曲过来。

巨大的风浪持续了两天半，任何人都不能上甲板，否则被卷到海里是无法营救的。这对我们的海军和国产装备都是极大的考验。三天三夜，炊事班无法起火做饭，所有的油和水都会泼出来。我们就靠矿泉水、压缩饼干、罐头，可是谁顾得上吃？都在全力以赴保证军舰的航行。

当时巨浪太大了，我们只有朝着与浪呈90度的方向前进，稍微一侧，军舰就要侧翻。但呈90度前进，浪的力量是特别大的。整个舰身，龙骨"嘎吱嘎吱"响了两天半，钢板"嘎吱嘎吱"响了两天半。但是让我感到欣慰的是，我们的官兵扛住了这次考验。

我的那本《苦难辉煌》就是在这艘军舰上定稿的。好不容易定了稿，遇见这么大的风浪，我心想，这回完了，白写了，看来回不去了。我甚至还想，如果有直升机来救援，就把我的笔记本电脑带走，书稿都在里面，我自己走不走无所谓。

实际上，这么大的风浪，直升机是无法救援的。待到三天三夜以后，我们闯过风浪，在加拿大维多利亚港进港的时候，受到了加拿大海军太平洋舰队的隆重欢迎。进港处，有一座非常高的山崖，太平洋舰队司令就带着随员站在山峰的高处，我们编队进港，他们在山上向我们敬礼。此时，风浪消失得无影无踪，海平如镜。113舰在前，881舰在后，我能清楚地看到它们在海中的倒影。

我跟881舰的老舰长一起在指挥舱,老舰长说:"幸亏我舰是1979年下水的,都是上海老工人的焊缝!"你看,我们不能拿后三十年否定前三十年。前三十年,新中国奠定了完整的工业基础,奠定了良好的工作作风。

881舰从1979年下水,2006年经历了史无前例的巨大风浪,安然无恙,这是什么样的质量!今天,中国作为全世界最大的制造国,制造的军舰质量就更不一样了。

百年救亡,百年复兴

中华民族经历了百年救亡,正在经历着百年复兴。

前一个百年是1840年到1949年,很多先进的中国人都是从广州发迹的。林则徐的鸦片禁烟,洪秀全的太平天国,曾国藩、左宗棠、李鸿章的洋务自强,康有为、梁启超的戊戌维新,孙中山的辛亥革命,毛泽东的新民主主义革命——所有先进的中国人就为这三个字:救中国。

1949年新中国成立,救亡命题终结。从1949年到2049年,中国要实现民族复兴。救亡的一百年历经坎坷,复兴的一百年依然如是。但几代人的奋斗和牺牲,已经换来今天的成绩斐然。

美国丹佛大学做了一个全世界经济增量的模型，时间跨度从1960年到2019年。20世纪60年代，世界排名前16都没有中国的份儿。1971年，终于跻身世界前16名。随着改革开放的进程，开始不断地"加塞插队"，逐年向前赶超：1992年超越加拿大进入世界前九、1995年超越巴西进入世界前七，1997年超越英国进入世界前六，1998年超越意大利进入世界前五，2000年超越法国进入世界前四，2004年超越德国进入世界前三，2010年超越日本，成为世界第二大经济体。

这个模型的实有数字只采纳到2017年，再往后，又根据各国资源做了发展前景的预测：2028年，中国经济总量超越美国，成为世界第一；2049年，新中国成立100年之际，中国经济总量大约超越美国20万亿美元，约达47万亿美元。

"小成功需要朋友，大成功需要对手。"我们的民族复兴是大成功，需要对手。今天作对，明天作对，于是给我们的发展提供了强劲动力，提醒我们不要懈怠，提醒我们审视自己的弱点，改掉自身的毛病。改变后的我们更强大。

这是我们百年变局的大时代，国际格局在较量中剧烈演变，中华民族正在经历民族复兴的新长征。机遇永远存在，只不过抓住机遇的永远是少数。中国一定要为机遇做好准备。我们都是见证者、参与者，也是奋斗者，这是我们的幸运，也是我们的责任。

海阔凭鱼跃，天空任鸟飞，就看你有多大的本事。这是一个多好的时代！同学们，愿你们利用这个时代，锻造自己，成就事业，造就国家民族！

谢谢大家！

南方科技大学
2019年9月

图书在版编目（CIP）数据

对白.2，让我们和更好的你聊聊 / 白岩松等著. --广州：花城出版社，2022.2
ISBN 978-7-5360-9568-7

I. ①对… II. ①白… III. ①演讲—中国—当代—选集 IV. ① I267

中国版本图书馆 CIP 数据核字 (2021) 第 242945 号

出 版 人	肖延兵
特约策划	金丽红　黎　波
责任编辑	欧阳佳子
特约编辑	陈　曦　张晓婷
技术编辑	薛伟民　林佳莹
封面设计	郭　璐
内文制作	张景莹
责任印制	张志杰　王会利
媒体运营	刘　冲　刘　峥　洪振宇
数字平台统筹	高　梦
法律顾问	梁　飞
版权代理	何　红

书　　名	对白.2，让我们和更好的你聊聊
	DUIBAI.2, RANG WOMEN HE GENG HAO DE NI LIAOLIAO
出版发行	花城出版社
	（广州市环市东路水荫路 11 号）
经　　销	全国新华书店
印　　刷	三河市兴博印务有限公司
	（河北省廊坊市三河市杨庄镇大窝头村西）
开　　本	880 毫米 ×1230 毫米　32 开
印　　张	7　2 插页
字　　数	125 千字
版　　次	2022 年 2 月第 1 版　2022 年 2 月第 1 次印刷
定　　价	56.00 元

如发现印装质量问题，请直接与印刷厂联系调换。
购书热线：010-58678881
花城出版社网站：http://www.fcph.com.cn